KB270623

서문문고
136

로미오와 줄리엣

셰익스피어 지음
김 재 남 옮김

The Tragedy of Romeo and Juliet

by

William Shakespeare

⊠ 로미오와 줄리엣

차　례

해 설

김 재 남(金在枏)

≪로미오와 줄리엣(The Tragedy of Romeo and Juliet)≫은 1597년에 처음 사절판으로 출판되었는데, 이것은 악(惡)사절판이며, 1599년에 출판된 사절판은 양(良)사절판이다.

제작된 것은 1595년경이고 초연(初演)도 같은 무렵인 것으로 규정되고 있다. 이는 작가가 30세를 갓 넘었을 시기로 처음 몇 해 동안의 습작시대를 겪은 다음, 성장기에 들어설 무렵의 작품인 것이다.

이 극의 소재는 이탈리아의 이야기에서 따온 것으로, 원수의 두 집안 사이에 일어난 숙명적 비련의 이야기와 수면제를 써서 결혼을 회피하는 이야기는 원래 별도의 이야기였던 것이, 1530년경에 이탈리아인 반델로에 의해 하나로 결합되었다. 이 이야기는 당시 사람들의 구미에 맞았던 모양으로 여러 가지 번안물이 나왔고, 셰익스피어는 이것을 참고로 했으리라고 추정된다.

이 극의 남녀 주인공의 정열은 특이하며 비극의 진행 또한 맹렬하다. 원작에서는 사건이 아홉 달 사이에 벌어지게 되지만, 셰익스피어는 그것을 단 5일로 단축시키고 있다. 셰익스피어의 극적 시간(劇的時間)은 그의 사극(史劇)에서도 보다시피 십수 년의 시간도 단 며칠 동안으로 단축되게 마련이다. 더구나 대사 안에 다음 수요일이니 목요일이니 하는 등 특정한 날짜를 지정하여 현실감을 느끼게 하는 동시에 극적인 시간을 설정하여 극의 진행을 재촉하고, 두 주인공이 처음 만났을 때의 경탄에서부터 행복의 절정으로, 불행한 사건의 발생에서부터 해결에의 어렴풋한 희망으로, 그리고 불운한 우연의 연속에서부터 최후의 대단원으로 급진전해 가는 숨막히는 절박감은 이 극의 성격 창조의 부족한 점을 충분히 메워 주고도 남는다.

이 극은 성격 비극이 아니라 단순, 소박한 운명 비극이다. 숙원 맺힌 사이의 양가(兩家)에서 별〔星辰〕로부터 악운(惡運)을 타고 태어난 두 남녀의 비극은 누구의 악의에 의해서가 아니라 전적으로 우연에 의해 전개된다. 우정이 두터운 로미오, 정숙한 줄리엣, 딸에게 자애스런 늙은 캐퓰릿, 아가씨의 행복만을 위하는 유모, 양가의 화해를 기도하는 로렌스 신부 등등 등장인물들은 주어진 환경에서는 모두 선인(善人)들이다. 이러한 선인들에 의해 빚어지는 사극이니만큼 비극의 순수성은 더욱 특이하다. 이 점은 인간의 악을 주제로 한 그의 다른 비극들과 비교해 볼 때 더욱 뚜렷하다.

이와 같이 순수성이 짙은 비극에 싱싱하고 달콤한 서정적인 시(詩)의 아름다움 또한 특이하다. 이러한 시 안에 번뜩이는 사랑의 뜨거운 정화(情化)며, 횃불 별빛, 유성, 닦자마자 터지는 화약의 섬광 등등, 이 비극은 밝은 빛의 이미지로 가득 차 있다. 이 극은 4대 비극에서와 같은, 인물의 성격 창조가 결핍된 것이 큰 흠이지만, 유모와 머큐쇼에 의해 발휘되는 생명력은 아직은 비극에 미숙한 작가의 솜씨로 비추어볼 때, 실로 놀랍기만 하다. 성격이 약동하는 이 두 단역은 앞으로 있을 걸작들에서의 생생한 극적 창조에의 약속인 것이다. 그리고 중세기의 젊은 여성으로서 부모의 명령엔 아랑곳없이, 자기의 사랑을 관철하기 위해 사랑의 진실을 자기 자신에 두고 맹세하라고 육박하는 줄리엣은, 셰익스피어 자신의 시기인 르네상스 시대의 자아 각성의 새 인간상으로 비쳐지고 있는 것이다. 이 극은 비극으로서는 심각한 결함을 지니고 있으면서도, 아름다운 시로 된 순수하고도 감미로운 청춘 연애 비극으로 우리의 심금을 울려 온 극이다.

로미오와 줄리엣
전 5 막

▩ 장소와 나오는 사람

장 소
베로나와 만투아

나오는 사람들
에스컬러스 베로나의 영주
패리스 청년 귀족, 영주의 집안
몬터규, 캐퓰릿 양쪽 원수 집의 가장
영감 캐퓰릿의 집안
로미오 몬터규의 아들
머큐쇼 영주의 집안, 로미오의 친구
벤볼리오 몬터규의 조카
티볼트 캐퓰릿 부인의 조카
로렌스, 존 프란체스코파의 신부
밸서자 로미오의 하인
샘슨, 그레거리 캐퓰릿 집의 하인
피터 유모의 하인
애브러험 몬터규 집의 하인
약방 영감
악사 3명
패리스의 시동, 또 1명의 시동, 관리 1명
몬터규 부인
캐퓰릿 부인
줄리엣 캐퓰릿의 딸
유모 줄리엣의 유모
시민들, 양쪽 집의 일가들, 야경꾼들, 하인들, 시종들

제 1 막

프롤로그

해설자 등장

해설자 다같이 세도 있는 두 가문이
아름다운 베로나를 무대로 하여
오래 쌓인 원한으로 또 싸움을 일으켜
시민의 손을 더럽힌다.
이 두 원수의 숙명적인 뱃속에서
불우한 한 쌍의 연인이 태어난다.
이들 사랑의 불행하고 불우한 파멸은
죽음으로 두 집 부모들의 갈등을 매장한다.
죽고 마는 그들 사랑의 무서운 이야기와
자식들이 죽고서야 가셔지는
두 집 부모네의 끈질긴 불화,
이것이 지금부터 두어 시간 상연되오.
여러분, 참고 들어 주시면
부족한 점은 앞으로 노력해서 보충해 드리겠습니다.

(퇴장)

제 1 장

베로나 광장
캐퓰릿 집의 하인 샘슨과 그레거리, 칼과 방패를 들고 등장

샘 슨 여보게 그레거리, 이젠 정말 더 못 참겠어.

그레거리 아니, 못 참겠음 석탄 짐이나 날라 먹으라구.

샘 슨 아냐, 화가 나면 칼이라도 쑥 뽑겠단 말일세.

그레거리 글쎄, 살아 있는 동안은 모가지나 뽑히지 않
    게 하게나.

샘 슨 내 약만 올라 봐, 일도 양단이다.

그레거리 웬걸, 자네가 어디 그렇게 쉽사리 약이 오를
    라고.

샘 슨 몬터규네 개새끼 같은 것만 봐도 화딱지가 나는걸.

그레거리 화가 나면 법석이고, 기운이 나면 버티게 마
    련이거든. 그러니까 자넨 화가 나면 법석이고 뺑소
    니칠밖에.

샘 슨 그 집 개새끼 같은 것만 봐도 난 화가 나서 버틴
    다니까. 몬터규네 것들이라면 연놈 할것없이 한길
    도랑창으로 떠밀어젖히고, 담 쪽 좋은 길은 내가
    차지할 테야.

그레거리 오죽이나 못나서 담 쪽으로 갈까.

샘 슨 옳아, 그래서 약한 여자는 늘 담 쪽으로 밀려나
　　　게 마련이군. 그러니까 난 몬터규네 놈들은 담에서
　　　떠밀어젖히고 년들은 담으로 밀어붙여 버릴 테야.
그레거리 우리네 주인은 주인끼리, 하인은 하인끼리
　　　싸움이 아닌가.
샘슨 매한가질세. 단 실컷 포악 좀 부려볼걸. 놈들하고
　　　싸움이 끝나면, 년들도 맛 좀 보여줘야지. 글쎄,
　　　고년들 급소를 찔러놓을 테야.
그레거리 종년들의 급소를?
샘슨 암, 고년들의 급소, 처녀의 그 대목 말야. 자네
　　　맘대로 생각해 두게나.
그레거리 그럼 고것들 톡톡히 맛 좀 봐야 되겠군그래.
샘슨 내가 버티고 있는 동안이면, 고년들이 맛을 볼
　　　게 아닌가. 이래봬도 난 어지간히 살덩이거든.
그레거리 생선이 아니어서 다행이군. 생선이었다면 자
　　　넨 말린 대구였지 뭐야. 자, 칼을 빼게. 마침 몬터
　　　규네 것들이 두 녀석 오네.

몬터규 집의 하인 에브러험과 또 한 명의 하인 등장

샘 슨 자, 칼을 뺐다. 시비를 걸게, 뒤는 봐줄 테니.
그레거리 뭐 뒤로 도망치려고?
샘 슨 내 걱정은 마라.

그레거리 천만에, 내가 자네 걱정을 다해?

샘 슨 하여튼 우리 편에는 말썽이 없게 하고 저쪽에서
　　　시비를 걸어오게 하게나.

그레거리 난 지나가면서 얼굴을 찡그릴 테야. 놈들 맘
　　　대로 생각하라지.

샘 슨 아냐, 그건 저놈들 담력에 달렸어. 나도 엄지손
　　　가락을 씹어 댈 테야. 그래도 가만히 있다면 자기
　　　네 망신이지.

에브러험 여보, 그래 우리에게 대고 손가락을 씹는 거
　　　요?

샘 슨 난 내 손가락을 씹는데요

에브러험 우리한테 손가락을 씹어 댄 게 아니오?

샘 슨 (그레거리에게 방백) 그렇다고 말해도 이쪽에 말썽
　　　은 없을까?

그레거리 웬걸.

샘 슨 천만에요, 당신네들 보고 씹어 댄 게 아니고 그
　　　저 내 손가락을 씹어 보는 거요.

그레거리 여보, 시비를 거는 거요?

에브러험 시비라고? 천만에요.

샘 슨 해볼 테면 해봐, 나도 당신네만큼은 훌륭한 쥔
　　　네를 섬기는 사람이니까.

에브러험 하지만 썩 훌륭하진 못할걸.

샘 슨 하긴 그래

한쪽에서 벤볼리오, 다른 쪽에서 티볼트 등장

그레거리 (티볼트가 오는 것을 보고) 훨씬 훌륭하다고 그
　　러게, 마침 주인네 친척 한 분이 오니까.

샘 슨 암, 훨씬 훌륭하고말고.

에브러험 허튼 소리!

샘 슨 여, 대장부라면 칼을 빼보지. 그레거리, 저 맹렬
　　한 칼솜씨 좀 부탁하네.

벤볼리오 (뒤쪽에서 가로채고 들어와서) 아서, 바보들 같
　　으니! 칼을 집어넣어. 물불도 안 가리는 것들.

티볼트가 달려든다.

티볼트 뭐, 너 임마, 이 비겁한 머슴놈들 축에 끼여 칼을
　　빼들고 있어? 벤볼리오 놈, 날 봐, 죽인다, 이놈!

벤볼리오 난 싸움을 말리고 있을 뿐이오. 당신 칼이나
　　거두시오. 안 거두겠으면 그 칼로 나와 같이 이것
　　들을 뜯어말리든지.

티볼트 뭣이 어쩌고 어째! 칼을 빼들고도 싸움을 말린
　　다고? 지옥으로나 갈 몬터규네 족속들도 밉지만 그
　　말은 더 밉살스럽다. 자, 칼이나 받아라, 이 비겁한

놈아.

　　　이들 둘이 싸운다. 양쪽 집 사람 여러 명이 등장하여 싸움에 참
　　　가한다. 이윽고 곤봉이며 창 등을 든 시민 서너 명과 관리 등장

관 리　곤봉이다, 도끼다, 창이다! 놈들을 때려눕혀라.
　　　캐퓰릿 패를 때려눕혀, 몬터규붙이들을 때려눕혀!

　　　실내복을 입은 캐퓰릿 영감과 그의 부인 등장

캐퓰릿　이게 웬 소동이냐? 이리 다오, 내 장도칼을.
캐퓰릿 부인　지팡이, 지팡이를! 칼은 또 웬 칼이세요.
캐퓰릿　내 칼을 달라니까! 몬터규 늙은 것이 나에게
　　　대고 칼을 휘두르면서 오고 있잖소.

　　　몬터규 영감과 그의 부인 등장

몬터규　너, 이 무례한 캐퓰릿 녀석아! 놓아, 잡지 마오.
몬터규 부인　싸우시겠다면 꼼짝도 못하시게 붙들겠어요.

　　　영주 에스컬러스가 부하를 거느리고 등장

영 주　치안을 교란하는 불온한 것들, 이웃끼리 피로
　　　칼을 물들이는 것들아! 안 듣겠느냐? 에이, 짐승
　　　같은 것들! 흉악한 화증의 불을 너희들 혈관에서
　　　솟은 붉은 샘물로 끄겠단 말이냐. 고문이 두렵거

든, 그 잔인한 손목에서 흉기를 땅에 던지고 영주의 말을 들어라. 당신들 캐퓰릿과 몬터규 두 늙은이는 실없는 말마디로 세 번이나 싸워서 조용한 시중을 그때마다 소란케 하여, 베로나의 노인들은 몸에 어울리는 지팡이를 내던지고 평화에 녹슨 낡은 창을 늙은 손에 휘둘러 당신들의 증오를 말렸다. 다시 또 시중을 소란케 하는 날이면 치안 교란죄로 당신들 목숨이 없으렷다. 이번만은 그대로 다 물러가라. 그리고 캐퓰릿, 그대는 나와 같이 가고 몬터규, 그대는 오늘 오후 자유 시가에 있는 법정에 출두하여 이번 사건에 관해서 좀더 나의 의향을 듣도록 하라. 한 번 더 일러 두는데, 죽음이 무섭거든 다들 썩 물러가거라.

　　　　몬터규, 몬터규 부인, 벤볼리오만 남고 모두 퇴장

몬터규　대체 누가 이 묵은 싸움을 또다시 터뜨려 놓았느냐? 애, 너 처음부터 있었니?

벤볼리오　저 원수의 하인들과 숙부님의 하인들이 이곳에서 막 싸우고 있을 때에 제가 왔습니다. 제가 칼을 빼들고 말리자, 바로 그때 불 같은 티볼트가 칼을 뽑아들고 대들며, 머리 위로 칼을 휘두르며 헛손질을 하지 않겠어요. 그러나 그 칼에는 무엇이

다치기는커녕 조롱하듯이 바람만 씽씽 소리를 내겠
지요. 그렇게 우리가 한창 치고받는 사이에 자꾸만
사람들이 모여들어서 패를 지어 싸웠치요. 그때 마
침 영주님이 오셔서 말리셨습니다.

몬터규 부인　아, 로미오는 어디 있을까? 너 오늘 그애
를 보았니? 그애가 이 싸움에 안 끼여서 다행이다.

벤볼리오　숙모님, 숭고한 태양이 동쪽 하늘 황금 창문
을 내다보기 한 시간 전에 저는 마음이 착잡해서
밖으로 나가 있었는데 이 시가 서쪽 우거진 단풍나
무 숲 밑을 그렇게 일찍이 형님이 거닐고 있던데
요. 제가 가까이 다가가니까 알아채고 형님은 숲속
으로 슬쩍 숨어버리지 않겠어요. 저는 형님의 심정
을 제 경우에 비추어 짐작했지요. 괴로운 몸은 홀
로 있어도 너무나 스산하기 때문에 가장 인기척 없
는 곳만 찾게 마련이지요. 그래서 저는 형님의 뒤
를 좇지 않고 내 의향에 따라, 나를 피하려는 사람
을 기꺼이 피해 주었던 거지요.

몬터규　그애는 아침이면 자주 그곳에 가서 신선한 아
침 이슬 위에 눈물을 뿌리고, 한숨을 지어 구름에
다 구름을 더 보탠다는 거야. 그러나 만물에 힘을
주는 태양이 저 머나먼 동쪽 하늘에서 검은 포장을
새벽 여신의 침상에서부터 걷기 시작하면, 우울한

자식놈은 살며시 돌아와 혼자 방안에 박혀서 문발
을 내려 밝은 햇빛도 가로막고, 일부러 밤을 만들
더구나. 이런 심경은 필경 흉한 화근이 되렷다, 잘
충고해서 그 근원을 제거한다면 몰라도.

벤볼리오 숙부님, 그 근원을 아십니까?

몬터규 모른다. 어디 알 도리가 있어야지.

벤볼리오 무슨 수단을 써서 성가시게 졸라 보셨어요?

몬터규 나뿐 아니라 여러 친구들까지도 졸라 보았지.
그러나 그놈은 제 감정에만 충실하고—그게 어디까
지 진실한진 알 수 없지만—아무튼 저 혼자 비밀을
꾹 지키고 있으니 도저히 짚어 알아낼 길이 없구
나. 마치 꽃봉오리가 향기로운 꽃잎을 대기 속에
활짝 펴고 그 아름다운 자태를 태양 앞에 바치기도
전에 심술궂은 벌레에게 먹히고 마는 것과 같다 할
까. 그 슬픔이 자라난 근원을 알 수만 있다면, 아
는 대로 당장 치료도 해주겠다만.

로미오 등장

벤볼리오 마침 로미오가 오는군요. 잠깐 비켜 주세요. 그
화근을 알아보겠습니다. 뭐, 거절당하진 않겠지요.

몬터규 네가 여기 머물러 있다가 그의 고백을 들을 수
있다면 오죽이나 좋겠느냐. 여보 마누라, 우린 물

러갑시다.(몬터규와 그의 부인 퇴장)

벤볼리오 밤새 안녕하오!

로미오 아직 아침인가?

벤볼리오 지금 막 아홉 시를 쳤어.

로미오 아, 슬픈 시간은 지루하게 마련이군, 지금 황급
히 나가신 분은 우리 어르신네지.

벤볼리오 응, 그런데 무슨 시름으로 로미오의 시간은
그렇게 지루할까?

로미오 가지면 시간도 잊혀지는 걸 못 가지니 그렇지.

벤볼리오 사랑 말야?

로미오 아냐……

벤볼리오 사랑이 아냐?

로미오 사모하는 여자지만 반응이 없네그려.

벤볼리오 저런, 보기엔 퍽 상냥한 것 같은 사람이 그
렇게 포악하고 몰인정하단 말인가!

로미오 아, 항상 눈이 가려져 있는 그 사랑이란 놈은
눈 없이도 잘만 제 길을 찾아가거든! 식사는 어디
서 할까? 아니, 이게 웬 소동이었어? 아니야, 말
안해도 좋아, 나도 다 알고 있으니까. 미움과 관련
한 소동도 소동이지만 사랑과 관련한 고민은 한술
더 뜨는걸. 아, 싸우는 사랑, 아, 사랑하는 미움,
원래 무에서 생겨난 유라! 아, 무겁고도 가볍고 진

실한 허위, 겉치레는 근사하나 꼴사나운 혼돈, 납
덩이의 솜털, 번쩍이는 연기, 차디찬 불, 병든 건
강, 늘 눈떠 있는 잠, 그것 아닌 그것, 요게 내가
느끼는 사랑이지만, 어디 이런 사랑에 만족이 있어
야지, 우습잖아?

벤볼리오 아냐, 오히려 울고 싶어.

로미오 울고 싶다니, 왜?

벤볼리오 형의 착한 마음이 고민을 하니까.

로미오 원, 그거 지나친 애정이네. 내 시름만도 이 가
슴에 무거운데 자네 것마저 덧붙여서 짓눌러 줄 참
인가. 자네의 그런 애정은, 그렇잖아도 복잡한 내
고민엔 설상가상일세. 사랑이란 한숨으로 된 연기,
개면 애인 눈 속에서 번쩍이는 불꽃이요, 흐리면
애인 눈물로 바다가 되네. 그게 사랑 아닌가? 가장
분별 있는 미치광이요, 또한 목을 졸라매는 쓰디쓴
약인가 하면, 생명력을 돋우는 감로이기도 하네.
그럼 잘 있게.

벤볼리오 아냐, 같이 가. 이렇게 나를 두고 가면 너무
섭섭하잖아.

로미오 홍, 나야말로 나 자신을 어디다 두고 없는걸.
난 여기 없네. 이 사람은 로미오가 아니네. 그는
어디 딴 곳에 가 있다네.

벤볼리오   정말 말해 봐, 상대가 누군질?

로미오   뭐, 날보고 꿍꿍 앓아 대란 말인가.

벤볼리오   꿍꿍 앓다니? 천만에. 하지만 정말 말해 봐, 상대가 누구야?

로미오   차라리 환자에게 정말로 유서를 쓰라고 하게……. 그야 환자에겐 섭섭한 말이지만. 그런데 이봐, 난 어떤 여자를 연모하고 있네.

벤볼리오   나도 그렇게 짐작했는데 어지간히 맞았구먼.

로미오   명수로군! 하여간 내가 연모하는 여자는 미인이라네.

벤볼리오   이봐요, 또렷한 미인이라면 그 과녁을 단번에 쏘아맞힐 수 있을 게 아냐.

로미오   여자가 큐핏의 화살에 어디 맞아야지. 그녀는 월신(月神)의 분별심을 가지고 있고 순결이란 갑옷으로 잘 무장하고 있으니, 애들 장난감 같은 사랑의 화살엔 어디 상처를 입어야지. 또한 구애의 공세도 피해 버리고, 눈초리의 집중 공격에도 까딱없거든. 그뿐인가, 성인을 유혹하는 황금에도 치마를 안 벌려 줘. 아, 굉장한 미인이기는 하지만 죽으면 그녀의 아름다움도 종자와 함께 사라져 버릴 테니 아까운 일이지.

벤볼리오   그럼, 일평생 독신을 맹세한 여자란 말야?

로미오 그렇다네. 그런데, 그렇게 인색한 것은 오히려
     큰 낭비가 아니냔 말일세. 미가 금욕 때문에 굶주리
     면 자자손손의 미까지 버리는 셈이 아닌가. 저 예쁘
     고 어질고 착한 여자가 나를 이렇게 절망 속에 몰아
     넣고서야 어디 복을 받을 수 있겠나? 그 여자는 사
     랑을 않기로 맹세했다는데, 고놈의 맹세 때문에 지
     금 이 말을 하고 있는 나는 산송장이 된 셈이네.
벤볼리오 내 충고를 듣고 그 여자를 생각하지 마라.
로미오 아, 어떡하면 생각 안할 수 있나 좀 가르쳐 주게.
벤볼리오 보는 눈에 자유를 주어 딴 미인들을 살펴봐.
로미오 그건 그녀의 뛰어난 미모를 더욱더 생각나게 할
     뿐일세. 미녀들 이마에 입맞춤하는 저 과분한 광대
     가 검기 때문에 우리는 도리어 가려진 미모를 생각
     하게 되잖나. 별안간 눈이 먼 자는 그 귀한 보배인
     잃어버린 시력을 못 잊는 법이야. 절세 미인을 좀
     대주게. 그까짓 미모가 무슨 소용 있을라고? 그 절
     세 미인을 능가하는 미인을 읽어보게 할 주석(註釋)
     밖에 안 될걸. 그럼 잘 있게. 내게 잊을 방법을 대
     주진 못할 거네.
벤볼리오 장차 대줄 테야. 어디 안 대주고 죽을 수야
     있나. (모두 퇴장)

제 2 장

같은 장소, 오후
캐퓰릿, 패리스 백작, 캐퓰릿의 하인 등장

캐퓰릿 하지만 나뿐 아니라 몬터규 역시 같은 벌을 받
았소. 하긴 우리 같은 늙은이가 싸움을 삼가는 일
쯤은 어렵지 않은 일이오.

패리스 다같이 이름난 두 분이신데, 긴 세월을 두고
불화하시니 유감스럽습니다. 그건 그렇고, 저의 청
혼은 어떻게 되는 겁니까?

캐퓰릿 글쎄, 그전부터 해온 말을 되풀이할 수밖에 없
군요. 딸년은 아직도 세상을 모르고, 아직 열네 살
이 다 차지도 않았소. 적어도 앞으로 두어 여름쯤
넘겨야 신부감이 될까요.

패리스 더 젊은 나이에 행복한 어머니가 된 분도 있는
데요.

캐퓰릿 그러나 너무 일찍 되면 쉽게 망가지지 않소.
다른 자식들은 다 죽고 그애만이 나의 희망이라오.
그러나 백작이 직접 구애하여 딸년의 마음을 사보
구려. 딸이 승낙하면 내 의향은 들으나마나고, 딸
이 동의하면 나는 제가 택한 대로 승인하고 기꺼이

찬성할 수밖에요. 오늘밤 내 집에서 관례의 연회를 베풀게 되어 친지네들을 많이 초대해 놓았으니, 백작께서도 최대의 진객(珍客)으로서 참석해 준다면 한층 빛나는 모임이 되겠소. 누추한 집이지만 오늘밤 참석하셔서서 컴컴한 하늘도 환하게 하는 기라성 같은 여인들을 보시오. 성장(盛裝)한 사월이 절뚝거리는 겨울 뒤꿈치를 쫓아오고 있을 때에, 팔팔한 젊은이들이 느끼는 기쁨 같은 기쁨을 오늘밤 내 집에서 꽃봉오리 같은 처녀들 사이에 끼여 맛보게 되리다. 두루 듣고 보신 다음, 가장 으뜸가는 여자를 사랑하시오. 잘 눈여겨보시면 딸애도 그중의 한 사람이니까 머릿수 중엔 들겠지만, 어디 손꼽힐 수야 있으려고요. 자, 그럼 같이 갑시다. (하인한테) 여봐라, 어서 아름다운 베로나를 뛰어다녀라. 여기 이름이 적혀 있으니 (하인에게 쪽지를 준다) 찾아가서, 내 집에 왕림해 주시기를 바란다고 전해라. (캐퓰릿과 패리스 퇴장)

하 인 (종이쪽지를 만지작거리면서) 여기 적혀 있는 양반네들을 찾아가라고! 구둣방은 잣대를, 양복점은 구두 틀을, 낚시꾼은 화필을, 그림쟁이는 그물을, 제각기 자기네 연장을 가지고 일을 해야 한다고 여기에 씌어 있겠군. 그러나 적혀진 양반들을 찾으라고

날 보내지만, 제기 누구네 이름들이 적혀 있는지
알 수가 있어야지. 글 아는 분께로 가봐야겠군.
아, 마침 잘됐다.

벤볼리오와 로미오 등장

벤볼리오 쳇, 이 양반, 어디 등불이 햇빛을 당할 수야
있어. 하나의 고통도 다른 고통이 오면 덜어지게
마련이야. 빙빙 맴돌다가도 거꾸로 돌면 좋아지는
법이고, 하나의 고민도 다른 고민이 오면 나아지는
법이야. 형의 눈이 무슨 새 병에 걸려 봐, 고약한
헌 병은 가셔버릴 테니.

로미오 그것에는 저 질경이 잎이 묘약이거든,

벤볼리오 묘약이라구, 뭣에?

로미오 저, 정강이가 할퀴어진 데는 말이네.

벤볼리오 아니, 로미오 형은 미쳤어?

로미오 미치다니, 천만에. 하지만 미치광이 이상으로
묶여 있네. 감옥에 갇혀, 얻어먹지도 못하고 매를
맞고 고문을 당하고 있다네. 자, 그럼 잘 있게.

하 인 안녕하십니까, 나리. 글 읽으실 줄 아시죠?

로미오 암, 내 불행한 운명쯤은 읽을 수 있다.

하 인 그거야 읽지 않아도 다 아는 일이죠. 그런 것이
아니라 글을 읽을 줄 아시느냐 말인데요.

로미오 아무렴, 글자와 말만 안다면야.

하 인 정직한 말씀입네다. 그럼 안녕히 계십쇼. (하인
   돌아선다)

로미오 이봐, 거기 있어. 난 읽을 줄 알아. (명단을 읽는
   다) "마티노 님과 동 영부인 및 동 영애들, 안셀므
   백작과 동 영애들, 비트루비오 미망인, 플라센티오
   님과 동 영질들, 머큐쇼와 동 사제 발렌타인, 캐퓰
   릿 숙부님과 동 영부인 및 동 영애들, 질녀 로잘라
   인과 리비아, 발렌티오님과 동 종제 티볼트, 루시
   오와 헬레나 양" 선남 선녀들의 모임이군. 어디로
   모이나?

하 인 집으로죠.

로미오 어디로?

하 인 만찬으로죠, 우리집으로.

로미오 뉘 댁이지?

하 인 쥔네 댁입니다.

로미오 참, 그걸 먼저 물었어야 했구나.

하 인 그럼, 이제 안 물으셔도 대답해 드리죠. 우리 쥔
   네는 대 갑부 캐퓰릿 댁입니다. 저 나리께서도 몬
   터규네 사람만 아니심, 부디 오셔서 술잔깨나 나눠
   보시죠. 그럼 안녕히 계십시오. (퇴장)

벤볼리오 캐퓰릿 집의 이 잔치엔 형이 그처럼 연모하

는 로잘라인도 베로나의 이름난 뭇 미녀들과 같이
참석하니 그리로 가서 공정한 눈으로 내가 대주는
얼굴과 그녀의 얼굴을 비교해 봐. 형의 소위 백조
는 까마귀 격이 될 테니.

로미오 내 눈의 거룩한 신앙이 그런 사교(邪敎)를 믿는
다면 눈물은 불로 변하리라! 곧잘 눈물 속에 빠지
면서 죽지 않는 이 두 눈이 멀쩡히 이단자 짓만 해
봐, 그런 거짓말쟁이는 불살라 버릴 테니. 내 애인
보다도 미인이라고! 만물을 다 보는 태양도 천지개
벽 이래 이만한 미인은 못 보았을걸.

벤볼리오 쳇! 옆엔 아무도 없고, 형의 두 눈엔 그 여자
만을 달아 보았으니까 그녀가 미인으로 보인 거야.
하지만 오늘밤 모임에서 딴 미인을 대줄 테니, 이
여자를 그 수정 같은 두 눈의 형이 연모한다는 여
자와 저울질해 보란 말야. 그 여자가 지금은 제일
로 보이겠지만 별것 아닐 테니.

로미오 가기로 하지. 하지만 대주겠다는 그 미인을 보
자는 게 아니라, 빛나는 내 애인을 즐기기 위해서
네. (두 사람 퇴장)

제 3 장

캐퓰릿 집의 거실
캐퓰릿 부인과 유모 등장

캐퓰릿 부인 유모, 딸애가 어디 있지? 좀 불러다 줘요.

유 모 글쎄, 내 열두 살 적 숫처녀의 표적을 두고 하는
맹세의 말이지만, 오라고 일렀는데요. 이봐요, 양
아가씨! 저, 참새 아가씨! 원, 요 색시가 어디 있
담? 여, 줄리엣 아가씨!

줄리엣 등장

줄리엣 왜, 누가 부르세요?

유 모 엄마가요.

줄리엣 엄마, 여기 있어요, 왜요?

캐퓰릿 부인 딴 게 아니다. 저, 유모는 잠깐 비켜 줘
요. 우리끼리 얘기 좀 해야겠으니. 아냐, 그냥 있
어요, 유모. 참 유모도 같이 들어 줘요. 이애도 그
럭저럭 결혼할 나이가 됐나 본데.

유 모 그럼요, 따님 나이라면, 전 시간까지도 댈 수 있
습죠.

캐퓰릿 부인 열네 살 채 못 찼지?

유 모 제 이[齒] 열네 개에 두고 말이지만—하지만 아
이고, 내 이는 네 개밖에 없지만—아가씬 열네 살
이 안 되죠. 그런데 팔월 초하룻날까진 며칠 남았
는가요?

캐퓰릿 부인 두 주일하고 며칠 남았지.

유 모 며칠이고 몇 날이고, 일 년 모든 날 중 팔월 초
하룻날 밤이 오면 아가씬 열네 살이 되죠. 수잔과
아가씬—하느님 맙소사—동갑이죠. 글쎄 수잔은 천
당에 가 있지만 내게는 과분한 자식였습죠. 그러고
저러고 팔월 초하룻날 밤이면 아가씬 열네 살이 되
지요. 정말이지 제가 잘 기억하고 있어요. 지진이
있은 후 십일 년이 되지만, 아가씬 바로 그날 젖이
떨어졌어요—그 일은 잊혀지지도 않아요—일년 삼
백예순닷샛날 중 하고많은 날들 중에서 바로 그날
이었어요. 전 젖꼭지에다 약쑥 즙을 발라 놓고 비
둘기집 담 밑에서 햇볕을 쬐고 있었지요. 영감님과
아씨는 만투아에 가 계시고—전 똑똑히 기억하고
있습죠—그런데 글쎄 아가씬 젖꼭지에서 약쑥 맛이
나니까, 쓰다고 귀엽게도 칭얼거리고, 젖꼭지와 실
랑일 하지 않겠어요. 그때 비둘기집이 까딱까딱 흔
들렸는데, 정말 이제 절보고 나가라고 하지 않아도

되지요. 벌써 십일 년 전 일이지만, 그때 아가씨
혼자서 곧잘 서기도 하고 비틀비틀 걸음마도 하고
다녔지요. 그 전날만 해도 이마에 상처를 냈는데,
우리집 이는―하느님 보우해 주십사. 그인 재미있
는 사람이었지요―아이를 번쩍 일으켜 안고서 하는
말이, "아이고, 앞으로 넘어졌나? 철이 들면 뒤로
넘어질 테지. 안 그래, 줄 아가?" 하고 말하니까,
글쎄 귀여운 것이 울다 말구 "응" 하겠지요. 이제
보니 농담이 맞는가 봐요! 참말로 내가 천 년을 살
더라도 그 말만은 안 잊을 거야. 우리집 이가, "안
그래, 줄 아가?" 하고 말하니까, 가엾은 것이 울다
말고 "응" 하지 않겠어요.

캐퓰릿 부인   그만해요, 제발 좀 가만히 있어요.

유 모   예, 마님. 하지만 고것이 울다 말고 "응" 하던 것
을 돌이켜 생각하니 웃음이 터지잖아요, 글쎄. 아
가씬 이마에 병아리 불알만한 혹을 냈지요. 참 위
험한 상처였어요. 사뭇 울었지요. 우리집 이가, "아
이고, 앞으로 넘어졌나? 철이 들면 뒤로 넘어질 테
지, 안 그래, 줄 아가?" 하고 말하니까, 고것이 울
다 말고 "응" 하지 않겠어요.

줄리엣   유모, 그만해 둬요, 제발 좀.

유 모   쉿, 이제 그만해 두겠어요. 아가씨의 행복을 빌

겠어요! 아가씬 내가 기른 아이 중에서 가장 귀여
웠지. 살아 생전 아가씨 시집가는 것만 보면 내가
뭘 더 원하겠어요.

캐퓰릿 부인 글쎄 내가 온 것도 그 결혼 얘기 때문이
다. 애, 줄리엣, 말해 보렴. 결혼에 대해 네 의향은
어떠냐?

줄리엣 그건 꿈에도 생각 못한 명예예요.

유 모 명예라고! 아가씨의 유모가 나 혼자니 말하기
거북하지만 그런 말재치는 아가씨가 젖꼭지에서 빨
아 담은 것이라고 말하고 싶은데요.

캐퓰릿 부인 그럼, 이제 결혼에 대해서 생각해 보아라.
이 베로나엔 너보다 나이가 어린 명문 규수들이 벌
써 어머니가 되어 있더구나. 너는 아직 처녀지만,
네 나이에 나는 네 어미가 되어 있었던 것 같다. 그
건 그렇고, 애야 저 늠름한 패리스 백작이 너를 맞
겠다는구나.

유 모 그분이! 어머나 아가씨, 그분은 온 천하와 같은
분이지요. 글쎄, 신사의 본보기 같은 분이에요.

캐퓰릿 부인 베로나의 한창 여름에도 그분같이 잘생긴
꽃은 볼 수 없다.

유 모 그럼요. 그분은 꽃이죠, 참말로 꽃입죠.

캐퓰릿 부인 어떠냐? 그분을 사랑할 수 있겠니? 오늘

밤 잔치에서 그분을 뵙게 될 것이니 책을 읽듯 젊은 백작의 얼굴을 잘 살펴서, 미(美)의 붓끝이 그려 놓은 기쁨을 찾아내 보렴. 얼굴 생김생김이 하나하나 조화되어 구석구석이 서로 돕고 있고, 그 잘생긴 얼굴이라는 책에도 안 나타난 점은 눈이라는 여백(餘白)으로 찾아볼 수 있더구나. 제본(製本)이 안 된 애인이랄까. 이 소중한 사랑의 책은 표지만 붙이면 그분의 미는 완성된다. 생선도 바다에 살고 있으니 좋잖니. 눈에 보이는 아름다움은 눈에 보이지 않는 아름다움을 속에다 감추고 있는 것이 큰 자랑거리다. 많은 사람의 눈에 찬양받는 책이란 황금의 표지 안에 황금의 이야기를 담고 있는 책이다. 그러니 그분을 남편으로 모시면 넌 조금도 줄지 않고 그분 것은 모조리 네 것이 될 거다.

유 모 줄다니 웬걸요! 여자가 서방님을 뫼시면 몸이 붓는데요.

캐풀릿 부인 간단히 말해 봐라, 패리스 님을 사랑할 수 있겠니?

줄리엣 뵙고서 정이 늘도록 힘쓰겠어요. 이 눈이 마음을 움직일 수만 있다면. 그렇지만 제 눈은 엄마가 승낙하신 곳까지만 보고, 그 이상은 안 보겠어요.

하인 등장

하 인 마님, 손님들이 오셨어요. 상은 다 준비되고, 서
방님께선 마님을 부르시고, 안에선 젊은 아가씨를
찾고, 광에선 유모를 욕하고, 온통 뒤죽박죽입니
다. 전 가서 접대를 해야겠습니다. 제발 얼른 가보
십시오.

캐퓰릿 부인 곧 가마. 줄리엣, 백작님이 기다리고 계시
단다.

유 모 자, 아가씨, 행복한 낮과 행복한 밤을 찾으세요.

(모두 퇴장)

제 4 장

캐퓰릿 집의 바깥
로미오, 머큐쇼, 벤볼리오, 가면을 쓴 사람 대여섯 명, 햇불을
든 사람들 등장

로미오 그런데 무슨 변명을 하고 들어가지? 아니면 그
냥 막 들어갈까?

벤볼리오 그런 수작 부릴 시대는 지났어. 큐피드 흉내
를 내어 수건으로 눈을 가린 채, 타타르인의 얼룩
덜룩한 장난감 활을 들고 허수아비처럼 아씨들을
놀라게 할 필요도 없거니와, 등장할 때에 막 뒤의
읽기를 따라 간신히 외는 식의 해설 따위도 그쪽
맘대로 생각하라고 놔두고 우린 한바탕 춤이나 추
고 나오세.

로미오 햇불을 이리 주게. 난 기분이 안 나네. 나는 맘
이 침울하니까 햇불이나 들겠네.

머큐쇼 그래서야 되나. 이봐 로미오, 자네는 꼭 춤을
춰야 하네.

로미오 싫어, 정말. 자넨 바닥이 가벼운 무도화를 신고
있지만, 내 마음속 바닥은 납덩어리 같아 놔서, 땅
에 철썩 붙어 가지고 옴쭉달싹할 수가 있어야지.

머큐쇼　자넨 연인이잖아. 그러니 큐피드의 날개라도 빌려 타고 하늘 높이 훨훨 날아 보게나.

로미오　난 큐피드 화살에 워낙 깊이 맞아 놔서 고놈의 가냘픈 날개론 어디 날 수가 있어야지. 게다가 워낙 되게 묶여 있으니, 이 괴로움을 뛰어넘을 수도 없구. 난 사랑의 무거운 짐 밑에 가라앉을 뿐이네.

머큐쇼　그럼 자네가 그 짐 밑에 가라앉는다면, 오히려 사랑이 짐만 되겠네그려! 그렇다면 가냘픈 사랑에겐 너무나 짐이 되겠는걸.

로미오　사랑이 가냘프다고? 사랑은 너무도 우악스럽고, 너무도 억세고, 너무도 왁살스럽고, 가시처럼 찌르네.

머큐쇼　사랑이 우악스럽거든 자네도 우악을 부려 주지. 찌르거든 자네도 찔러 주고, 그리고 때려눕히지. 내 낯에 씌우게 가면을 이리 주게. 광대 같은 낯짝에 가면이다! 상관 있나, 못난 상판을 뚫어지게 볼 테면 보라고 해. 불룩 나온 가면의 이마팍이나 대신 얼굴을 붉힐 테지.

벤볼리오　자, 노크하고 들어가세. 들어가선 곧 다들 춤을 추세.

로미오　횃불을 이리 줘. 속이 들뜬 놈팡이들이나 속없는 돗자리를 뒤꿈치로 비벼 대게나. 속담에도 있듯

이 난 촛대를 들고 구경이나 하겠네. 놀이도 한창
이니 난 이만 가야겠네.

머큐쇼 그만 물러가겠다고? 거 순경 나리의 암호인가.
그만 물러가겠다면 자네가 빠져 있는 구덩이 속에
서 건져내 줌세. 미안한 말이지만 귀밑까지 빠져
있는 사랑에서 말야. 여, 이건 대낮에 등잔 격이
아닌가, 들어가 보세.

로미오 아냐, 그렇지 않아.

머큐쇼 내 말은, 우물쭈물하고 있으면 대낮의 등잔 격
으로 불이 아깝다는 뜻이네. 말을 선의로 해석해
주게. 인간의 분별력은 다섯 가지 지혜보다 더 작
용하니 말이야.

로미오 하긴 우리가 가면 무도회에 가는 것은 선의이
지만 그다지 슬기로운 지혜는 못되겠는걸.

머큐쇼 어째서?

로미오 내가 간밤에 꿈을 꾸었네.

머큐쇼 나도 꾸었어.

로미오 그래, 무슨 꿈을?

머큐쇼 꿈을 꾸는 사람은 으레 거짓말쟁이라는 꿈을.

로미오 자면서 참꿈들을 꾼다는데?

머큐쇼 아, 그럼 자넨 요녀(妖女)의 여왕 맵하고 동침했
군그래. 맵은 요정들의 산파요, 시청 나리 손가락에

서 번쩍이는 저 보석에 새겨진 상(像)보다 작은 꼴
을 하고서 난쟁이 무리에 끌려 자는 사람 코 위를
지나가거든. 맵의 수레는 개암열매 껍질인데, 아득
한 옛날부터 요정들의 수레를 만드는 다람쥐나 좀
벌레가 만들었지. 수레바퀴살은 기다란 거미 다리
요, 수레 뚜껑은 메뚜기 날개, 밧줄은 제일 가느다
란 거미줄이요, 목걸이는 물기어린 달빛, 회초리는
귀뚜라미 뼈요, 회초리 채찍은 엷은 막, 마부는 회
색 외투를 입은 모기 새끼인데, 크기는 게으름뱅이
계집의 새끼손까락에서 비집고 나오는 둥근 꼬마
벌레의 절반도 안 되거든. 이렇게 해서 맵은 밤마다
행차하는데 애인들 머릿속을 지나가면 그들은 사랑
의 꿈을 꾸고, 벼슬아치 무릎 위를 지나가면 당장에
굽실거리는 꿈이요, 변호사 손가락 위를 지나면 당
장에 보수를 받는 꿈, 아가씨들 입술 위를 지나면
당장에 입맞추는 꿈. 그런데 맵 여왕은 아가씨들 입
에서 과자 냄새가 난다 해서 곧 화를 내고 입술에
물집을 만들어 준다나. 혹은 맵이 벼슬아치 콧잔등
을 달리면 벼슬아치는 벼슬을 맡아내는 꿈을 꾸며,
혹은 교회세(稅)로 바쳐진 돼지꼬리로 잠자는 목사
님 코를 간지럽게 하면 목사님은 녹(祿)이 느는 꿈
을 꾸거든. 혹은 병사의 목덜미를 달리면 이 병사는

적병의 목을 자르는 꿈에서부터 시작하여, 돌격·
·복병·스페인 장도칼의 꿈, 나아가서는 또 난잡한
축배의 꿈들을 꾸고, 금방 가마북 소리가 들리자 벌
떡 잠을 깨어 깜짝 놀라서 한두 마디 기도를 중얼거
리곤 다시 잠이 들지. 바로 이 맵이 밤중에 망아지
갈기도 땋아 놓으며, 추한 계집 머리털도 뭉쳐 놓곤
하는데 이게 풀리는 날이면 굉장한 불행이 온다나.
그리고 처녀들이 반듯이 누워서 자고 있을 때, 위에
서 짓눌려서 무거워도 참도록 익혀 주고, 충분히 짐
을 받드는 아낙네로 만들어 주는 것도 요 맵의 장난
이라네. 또한 맵 여왕은…….

로미오 쉿, 쉿, 머큐쇼, 쉿! 자넨 쓸데없는 소릴 하는군.

머큐쇼 그야 꿈에 관한 이야기 아닌가. 요 허무맹랑한
공상에서 나오는 꿈이란 하릴없는 사람 머리 위에
서 태어난 얘기거든. 공기처럼 실속 없고, 게다가
주책없기론 금방 북쪽의 언 가슴패기에 정을 보내
고 있다가도 발끈 성을 내고 휙 돌아서서 축축한
남녘으로 방향을 돌리고 마는 바람보다 더하지.

벤볼리오 자네가 말하는 그 바람 덕분에 우린 할일을
잊고 있는걸. 이제 만찬도 끝났을 텐데 너무 늦지
나 않았을까.

로미오 오히려 너무 이르지 않을까. 어쩐지 마음이 설

레는구먼. 아직은 별에 걸려 있는 큰일이 오늘밤의 연회를 계기로 무섭게 활동을 개시하여, 이 가슴속의 싫증난 삶의 기한을 엉뚱한 죽음 같은 흉한 형벌로 청산해 줄지도 모르겠네. 그러나 내 앞날의 키를 잡으신 하느님께 나의 인생 항로를 맡길 수밖에! 자, 씩씩하게 들어가세.

벤볼리오   쳐라, 북을! (모두들 집 안으로 들어간다)

제 5 장

캐퓰릿 집의 홀
악사들이 대기하고 있다. 가면을 쓴 사람들이 등장하여 홀을 돌
아서 한쪽에 선다.
하인들이 냅킨을 들고 등장

하인1 설거지도 안 거들고, 포트팬은 어디 갔나? 그러
고도 접시를 치운다나! 접시를 씻는다나!

하인2 손님 접대는 한두 사람이 다 해야 하고, 게다가
손은 씻지도 않았으니, 더러울 수밖에.

하인1 의자는 접어서 치우고, 찬장도 들어내고, 접시들
을 잘 간수하게. 여봐, 수정과 좀 꼭 남겨놔. 그리
고 제발 문지기한테 가서 수잔 그라인드스톤과 넬
을 좀 안으로 보내 달라고 전해 줘. 여, 앤토니, 그
리고 포트팬!

하인3 여, 여기 있네.

하인1 홀에서 자넬 찾고, 부르고, 청하고, 구하고, 야
단들이네..

하인4 한꺼번에 여기 있고 저기 있고 할 수야 있나.
자, 기운을 내세. 잠시 일을 하고 오래나 살고 봐
야지. (하인들 퇴장)

캐퓰릿과 줄리엣이 남녀 손님들과 함께 가면 쓴 사람들을 맞는다.

캐퓰릿　어서 오시오, 여러분! 발가락이 안 부르튼 아가씨들이 여러분과 춤을 추어 줄 거요. 자, 아가씨들, 이 중에서 누가 춤을 추지 않겠소. 얌전빼는 아가씨는 발이 부르터 있겠지. 안 그러우? 잘 왔소, 여러분! 나도 한창 때는 가면을 쓰고 미녀 귀에 달콤한 애기를 속삭였다오. 다 옛날이지. 잘들 왔소, 여러분! 자 악사들, 연주를 시작하오. 자리를 넓혀라, 넓혀. 처녀들은 춤을 추오. (음악이 연주되고 춤이 시작된다) 여봐라, 불을 더 밝혀라. 탁자도 치우고 난롯불은 꺼! 방이 너무 덥다. 허, 뜻밖에 흥겹게 됐군. 그런데 캐퓰릿 일가 어른, 앉으시오, 앉으라니까. 어른과 나는 춤을 출 때가 지났습니다그려. 어른하고 같이 가면을 쓰고 마지막으로 춤을 춘 지 몇 해나 되었는지요?

캐퓰릿 집안　필경 삼십 년은 됐을 거요.

캐퓰릿　원, 이 어른도! 그렇겐 안 됐소, 그렇겐 안 됐소. 루센티오의 결혼 이후의 일이니까, 성신강림절(聖神降臨節)이 아무리 빨리 온다 해도 이럭저럭 이십오 년이나 됐을까? 우린 그때 가면을 쓰고 춤을 췄지요.

캐퓰릿 집안　더 되오, 더 돼. 지금 그의 아들놈이 그보다 더 나일 먹었소. 삼십 세요.

캐퓰릿 그럴 리가? 그애는 이태 전만 해도 아직 미성
　　년이었소.

로미오 (하인에게) 저기 저 기사의 손을 빛내 주고 있는
　　부인은 누구냐?

하 인 모르겠는뎁쇼.

로미오 아, 저 여자는 횃불에게 더 밝게 타도록 가르
　　치고 있구나? 저 여자는 흑인 귀에 달린 값비싼 보
　　석처럼 밤의 볼 위에 걸려 있는 것만 같구나. 그
　　아름다움은 쓰자니 너무나 값지고 속세엔 너무도
　　아깝구나! 저 여자가 동료들을 압도하는 모습을 좀
　　보라. 까마귀떼 속에 섞인 백설 같은 비둘기가 저
　　럴 테지. 그녀 있는 곳을 잘 봐뒀다가 춤이 끝나면
　　지저분한 이 손으로 그녀의 손을 잡아 보자. 그러
　　면 얼마나 기쁠까. 내 마음이 여태껏 연애를 하고
　　있었다고? 눈아, 그걸 부정하라! 오늘밤에야 비로
　　소 진짜 미를 봤구나.

티볼트 저 목소리는 틀림없이 몬터규네 식구다. 얘, 칼
　　을 가져와. (그의 시동이 나간다) 이 망할 녀석아, 가면
　　을 쓰고 와서 우리 연회를 망치려는 거냐? 종문(宗
　　門)의 명예를 위해서 저 자식을 패죽여도 괜찮아.

캐퓰릿 얘! 너 왜 그렇게 화를 내느냐?

티볼트 숙부님, 원수 몬터규 놈이에요. 망할 자식, 오늘밤 연회를 망치려고 뻔뻔스럽게 와 있습니다.

캐퓰릿 로미오 청년 말이냐?

티볼트 예, 그 로미오 놈입니다.

캐퓰릿 애, 잠자코 내버려 둬라. 저자는 품행이 좋더구나. 사실인즉 베로나에선 저자가 자랑거리다. 참 훌륭하고 얌전한 청년 아니냐. 시중의 전 재산하고 바꾼대도 내 집에서 저자에게 피해를 입힐 순 없다. 그러니 참고 못 본 체해. 이게 내 뜻이다. 내 뜻을 존중한다면 좋은 낯을 하고 이맛살을 펴. 연회엔 당치 않은 표정이니까.

티볼트 저런 망할 자식이 다 와 있으니까, 당치 않을 건 없어요. 전 못 참겠어요.

캐퓰릿 가만 둬라. 원, 가만 두라니까. 대체 주인이 나냐 너냐? 저런, 가만 둘 수 없다고? 별일 다 보겠네, 손님들 속에서 난장판을 벌이겠다고! 뒤죽박죽을 만들겠다고? 정 그래 볼 테냐?

티볼트 하지만 숙부님, 이건 치욕입니다.

캐퓰릿 저런 저런. 요놈, 버릇없이 그게 다 치욕이란 말이냐? 그러다간 네게 화가 올라. 필경 날 거스르겠단 말이지! 어처구니없어. 허, 참! 건방진 놈 같으니. 글쎄, 잠자코 있으라니까. 불을 더 켜라, 불

을. 남부끄럽다! 이놈, 혼을 내줄까 보다. 자아, 여
러분, 즐겁게들!

트볼트 억지로 참자니 성미에 맞지 않아 사지가 떨리
는구면. 나는 물러가겠다. 하지만 이번 침입이 당
장은 달콤하겠지만 머지않아 쓰디쓴 맛을 보여주리
라. (티볼트 퇴장)

로미오 (줄리엣의 손을 붙들고) 천한 이 손으로 그 거룩한
성당을 더럽히고 있는 것이라면 그 점잖은 죄의 보
상으로 내 입술이 낯을 붉힌 두 순례자처럼 대기하
여 점잖게 키스하여 그 추한 자국을 씻고자 하오.

줄리엣 착한 순례자님, 그건 당신 손에 너무나 욕이
돼요. 당신 손이 그처럼 점잖게 신앙심을 보여주고
있잖아요. 성자(聖者)의 손은 순례자가 갖다 대기
위해 있는 것이고, 손바닥을 맞대는 것은 거룩한
순례자들의 키스가 아닌가요.

로미오 성자에게나 거룩한 순례자에게도 입술이 있잖소.

줄리엣 아이 순례자님, 그건 기도를 올리기 위한 입술
이에요.

로미오 아 그럼 성녀(聖女)님, 손으로 하는 키스를 입
술로 하게 해주시오. 입술이 기원하니 허락해 주시
오. 신앙이 절망으로 변하면 안 되니까요.

줄리엣 성자의 마음은 움직이지 않아요. 비록 기원을

들어주는 일은 있더라도.

로미오 그럼, 움직이지 말고 계시오. 내 기원의 효험을
       받으리다. 이렇게 당신의 입술로. 내 입술에서 죄
       는 씻어집니다. (키스한다)

줄리엣 그럼 제 입술이 그 죄를 짊어지게요.

로미오 내 입술에서 죄를. 아, 달콤한 꾸짖음! 내 죄를
       돌려주오. (키스한다)

줄리엣 키스에도 이유를 붙이시네요.

유 모 아가씨, 어머님이 잠깐 부르십니다.

로미오 저분 어머님이라니?

유 모 어머나, 이 총각! 아가씨 엄마는 이 집 마님이
       죠. 착하고 얌전한 마님이죠. 아까 같이 얘기하신
       그 따님을 내가 길렀지요. 아가씨를 얻어가는 분은
       정말 돈보따리를 안는 거지요.

로미오 캐퓰릿네 집 딸? 아, 값비싼 거래구나! 내 목
       숨은 원수의 저당물이 됐구나.

벤볼리오 흥이 한창이니, 이제 돌아가.

로미오 글쎄, 그런 것 같아서 더욱 불안하네.

캐퓰릿 아니오, 여러분, 가지 마시오. 간단한 다과도
       마련해 놓았소. (가면쓴 자들이 캐퓰릿의 귀에 속삭이며
       사과한다) 정 그러시겠소? 그럼 다들 고맙소. 여러
       분, 고맙습니다. 안녕히 가시오. 여봐라, 불을 더

커라! 자, 자러 가볼까. (하인들, 횃불을 들고 가면쓴 자들을 밖까지 배웅한다) 아이고 이런, 정말 밤이 깊었군. 그럼 자러 가볼까.

줄리엣과 유모만 남고 퇴장

줄리엣 이리 좀 와, 유모. 저기 저 신사는?

유 모 타이베리오 영감님의 외아들입니다.

줄리엣 지금 막 문을 나가시는 분은?

유 모 글쎄, 페트루치오 도련님인가 본데요.

줄리엣 춤도 안 추시고, 지금 그 뒤를 따라나가시는 분은?

유 모 모르겠는데요.

줄리엣 가서 이름 좀 물어 와요. 그분이 결혼하셨다면 무덤이 나의 신방이 될 거야.

유 모 몬터규네 로미오, 저 원수네 집 외아들이라는데요.

줄리엣 단 하나의 내 순정이 단 하나의 내 증오에서 싹트다니! 모르고 너무 일찍 봐버렸고, 알고 보니 이미 늦었어! 미운 원수를 사랑해야 되다니, 앞날이 염려되는 사랑의 탄생이구나!

유 모 그게 뭐지요, 뭐지요?

줄리엣 같이 춤추던 분에게서 배운 노래예요.

안에서 "줄리엣" 하고 부른다.

유 모 예, 예, 곧 갑니다. 자, 안으로 들어가 봅시다.
손님들은 죄다 돌아갔지요.(두 사람 퇴장)

제 2 막

프롤로그

해설자 등장

해설자 이제 낡은 욕정은 무덤 속에 누워 버리고
젊은 새 애정이 뒤를 이어 입을 벌린다.
그 미녀를 사랑하여 죽을 듯 신음했지만
아름다운 줄리엣에 비교해 보니 미인이 아니다.
이제는 로미오도 사랑을 주고받으며
서로가 미모에 매혹당한다.
그러나 이른바 원수네 집 여자에게 애태워야 하고
여자도 무서운 바늘에서 달콤한 사랑의 밥을 훔쳐야
한다.
원수의 몸이니, 그는 가까이 가서
애인들이 늘 하는 맹세를 속삭일 길이 없다.
여자 또한 연모하는 마음은 못지않으나
갓 생긴 애인을 만날 길은 더욱 까마득하다.
그래도 정열은 힘을, 시간은 기회를 주어 만나게 하고
지극한 황홀은 극도의 위험을 물리친다. (퇴장)

제 1 장

캐퓰릿 집의 정원
담의 바깥쪽에는 한길이 보이고, 안쪽에는 캐퓰릿의 이층 창문
이 보인다. 로미오 혼자서 한길에 등장

로미오 마음이 여기 있는데 어떻게 이대로 지나갈 수
가 있담? 이 흙덩이 같은 몸뚱이야, 돌아서서 네
생명의 중심을 찾아가라.

그는 담을 올라 정원으로 뛰어내린다. 벤볼리오와 머큐쇼 한길
에 등장. 로미오는 담 뒤에서 듣고 있다.

벤볼리오 로미오, 여, 로미오!

머큐쇼 참 약군. 필경 자려고 집으로 뺑소니친 게지.

벤볼리요 이 길로 달려가서 이 정원 담을 뛰어넘어갔
어. 이봐 머큐쇼, 좀 불러 보게.

머큐쇼 아냐, 주문을 외워서 불러내겠어. 들뜬 자, 미
치광이, 번뇌에 빠진 사랑의 포로 로미오야, 한숨
짓는 꼴이라도 하고 나오너라. 한 가닥 노래라도
해보라고. 그래야 내가 안심이 될 게 아냐. "아아!"
라고만이라도 소리질러 봐. 한 마디 "사랑"이라든지
"비둘기" 라고만이라도 해봐. 수다쟁이 베누스한테

한 마디 고운 말이라도 해봐. 베누스의 눈먼 맏아
들인 저 젊은 아담 큐피드에게 별명이라도 하나 지
어줘 보라니까. 코페튜아 왕은 그 큐피드 화살에
정통으로 맞아서 거지 계집을 사랑하게 됐다잖아.
이 사람아, 안 들리나? 왜 옴쭉달싹 안하는 거야.
이 원숭이란 놈이 죽었나. 정말로 주문을 외워야겠
군. 자, 수리수리마수리, 로잘라인의 빛나는 두 눈
에 두고, 저 반듯한 이마와 빨간 입술에 두고, 저
예쁜 발목과 쭉 곧은 다리와 발발 떠는 정강이와
그 여자의 저 어떤 꼼꼼한 데에 두고, 자네를 부르
노니, 자, 진실한 꼴로 어서 이리 나타나게.

벤볼리오 그 말을 들으면 그자가 화를 내겠네.

머큐쇼 천만에. 가령 그 여자의 둥근 구멍 속에 이상
야릇한 혼을 불러세워 놓고, 그 여자보고 주문을
외어 그것을 쓰러뜨리라고 한다면, 그자가 화를 낼
까. 그렇다면 좀 분할 테니까. 그러나 내 주문은
정정당당하네. 난 그 여자 이름을 빌려 그자보고
나타나라고 주문을 외고 있는 것뿐이니까.

벤볼리오 자아! 로미오는 이슬진 밤을 찾아 이 수목
속에 숨어버렸네. 사랑에 눈이 어두우니까 어둠이
가장 알맞을 테지.

머큐쇼 사랑이 맹목이라면, 사랑의 화살은 과녁을 쏘

아맞히질 못할 테지. 지금쯤 그자는 비파(枇杷)나무 밑에 앉아서 자기 애인이 비파 열매 같았으면 하고 있을걸. 처녀들은 비파 이름을 불러 보곤 혼자 웃는다나. 아, 로미오, 그 여자는, 아, 그 여자는 벌어진 비파 열매가 되고 로미오, 자넨 기다란 배〔梨〕가 됐으면 싶을 테지! 로미오, 그럼 잘 있게. 난 오막 침상으로 가보겠네. 여기 이 한데 침상은 너무 추워서 어디 잘 수 있겠나. 자, 안 가보겠나?

벤볼리오 가보세, 드러나지 않으려고 숨은 사람은 찾아봐야 헛수고니까. (모두 퇴장)

제 2 장

같은 장소

로미오　상처의 맛을 모르는 자나 남의 상처를 비웃는 법이지. (줄리엣이 이층 창문에 나타난다) 하지만, 쉿! 저기 저 창문에서 터져나오는 빛은? 저기가 동쪽, 그렇다면 줄리엣은 태양이다. 밝은 태양아, 떠올라서 샘쟁이 달님을 죽여 다오. 달님께 시종하는 처녀인 당신이 달 자신보다 엄청나게 예쁘다 해서 달님은 이미 슬픔으로 병이 들어 창백해 있소. 제발 달의 시녀 노릇은 하지 마오. 달은 샘쟁이니까 달의 처녀복은 창백한 초록빛이오. 바보 말곤 누가 그걸 입겠소. 벗어버리시오. 내 아가씨, 아, 내 애인. 아, 저쪽에서도 그렇게 알아 주었으면! 입을 여는군. 그래도 말은 없구나. 그러면 어떤가? 저 눈이 말을 하지 않는가. 그럼 대답을 해볼까. 그건 너무 뻔뻔스럽지. 내게 말을 거는 것도 아닌데. 온 하늘에서 가장 빛나는 별 두 개가, 볼일이 있어 저 두 눈에 청하여 자기들이 돌아올 때까지 대신 반짝여 달라고 하는구나. 만약에 저 두 눈과 그 두별이

자리를 바꾼다면 어떻게 될까? 저 밝은 볼은 그 두
별을 햇빛 아래 등불처럼 무색케 할 테지. 하늘로
간 저 두 눈은 창공에서 한껏 빛날 테니, 새들도
밤이 아닌 줄 알고 노래할 거야. 저것 봐, 볼을 손
에 갖다 대는군! 아, 내가 저 손에 끼워진 장갑이
라면 저 볼에 닿아 볼 수 있을 것 아닌가.

줄리엣 아이!

로미오 말을 하는군. 아, 빛나는 천사여, 한 번 더 말
해 보려무나. 오늘밤 나의 머리 위에서 빛나는 당
신 모습은 날개돋친 하늘의 사도님이 슬슬 흘러가
는 구름을 밟고 공중 한복판을 훨훨 지날 때 놀라
허옇게 뒤집힌 눈으로 쳐다볼 때의 모습같이 빛나
는구려.

줄리엣 아, 로미오님! 왜 이름이 로미오인가요? 아버
지를 잊으시고 그 이름을 버리셔요. 아니 그렇게
못하시겠다면, 저를 사랑한다고 맹세만이라도 해주
셔요. 그러면 저도 캐퓰릿의 성을 버리겠어요.

로미오 (방백) 좀더 듣고 있을까. 말을 걸어 볼까?

줄리엣 당신의 이름만이 내 원수예요. 몬터규네 식구
가 아니라도 당신은 당신. 아, 딴 이름이 되어 주
세요! 몬터규란 이름이 뭐람? 손도 팔도 낮도 아니
고, 신체의 어떤 부분도 아니잖아. 이름에 뭐가 있

어? 장미꽃은 다른 이름으로 불려도 똑같이 향기
로울 게 아닌가? 로미오 역시 로미오란 이름이 아
니라도 그 이름과는 관계 없이 본래의 미덕은 그대
로 남을 게 아닌가? 로미오님, 그 이름을 버리고
당신의 신체와는 아무 상관도 없는 그 이름 대신에
이 몸을 고스란히 가지세요.

로미오 그 말대로 당신을 갖겠소. 나를 사랑한다고만
말해 주시면 세례를 받고 이제부터 로미오란 이름
은 영영 버리겠소.

줄리엣 누구세요, 이렇게 어둠 속에 숨어서 남의 비밀
을 엿듣는 분이?

로미오 이름은 댈 수 없소. 성녀님, 내 이름은 당신의
원수니까 나 자신한테도 밉소. 종이에 적혀 있다면
그 이름자를 갈기갈기 찢어버리고 싶소.

줄리엣 당신 입에서 나온 말을 들은 것은 백 마디도
채 안 되지만 그래도 전 그 음성을 알아요. 몬터규
댁 로미오님이 아니세요?

로미오 당신이 싫다면 그 어느 쪽도 아니지요.

줄리엣 하지만 여길 어떻게, 뭣하러 오셨어요? 담은 높
아서 오르기 어렵고, 당신의 신분으로 봐서 우리집
식구에게 들키는 날이면 이곳은 죽음의 장소인데.

로미오 이까짓 담은 사랑의 가벼운 날개를 타고 뛰어

넘었지요. 돌담이 어떻게 사랑을 막을 수 있겠소.
해낼 수 있는 일이라면 사랑은 무엇이든 해내니까
요. 그러니까 당신네 집 식구들도 날 막진 못하오.

줄리엣 하지만 우리집 식구들에게 들키면 당신은 죽어요.

로미오 아아, 그들의 칼 스무 자루보다 당신 눈이 더
무섭소. 당신만 정다운 눈짓을 보여주면 그들의 악
의(惡意)쯤엔 나는 불사신이오.

줄리엣 무슨 일이 있어도 이곳에선 안 들키도록 해주
세요.

로미오 한밤중의 어둠에 가려 있으니 그들 눈엔 안 띌
거요. 그러나 당신 사랑을 못 받는다면 차라리 이
대로 들켜버리는 게 낫소. 당신의 사랑도 없이 지
루하게 사느니보다 그들의 미움에 죽는 편이 낫소.

줄리엣 누구의 안내로 여길 찾아오셨나요?

로미오 사랑의 안내로지요. 처음에 찾으라고 재촉한 것
도 사랑이고, 지혜를 빌려준 것도 사랑이오. 난 눈
만을 빌려준 셈이지요. 난 수로 안내인은 아니지만
당신 같은 보배라면 머나먼 바닷물에 출렁거리는
아득한 해안같이 먼곳이라도 기어이 찾아가겠소.

줄리엣 제 얼굴이 이렇게 한밤의 가면으로 가려져 있
으니망정이지 그렇지 않다면 이 볼은 수줍은 처녀
의 마음으로 빨개져 있을 거예요. 오늘밤 당신이

제 말을 엿들으셨으니까요. 하지만 체면이여, 안
녕! 저를 사랑하시나요? 그 말을 믿겠어요. 하지
만, 아무리 맹세를 하더라도 깨뜨리실는지도 몰라
요. 애인들의 거짓말엔 조브 신도 웃고 마신다잖아
요. 아, 그리운 로미오님, 사랑하신다면 솔직히 그
렇다고 말씀하세요. 너무 쉽게 저를 손에 넣었다고
생각하시나요. 그렇다면 전 심통을 부리고 찌푸린
얼굴로 당신을 거절할래요. 그래도 다시 사랑을 애
걸해 오셔야 해요. 그렇지 않으시면 저도 안 그럴
래요, 절대로. 그리운 몬터규님, 진정 저는 무척
사랑하고 있어요. 그러니 당신은 저를 경박한 여자
라고 생각하실 거예요. 그렇더라도 저는 서먹서먹
한 채 잔꾀를 부리는 여자들보다는 훨씬 더 진실한
여자임을 증명해 보여드리겠어요, 정말예요. 참다
운 사랑의 고백을 저도 모르는 사이에 당신이 엿듣
지만 않으셨다면 정말 전 좀더 서먹서먹하게 굴었
을 거예요. 그러나 용서하시고 행여나 들뜬 사랑에
서 이처럼 마음을 허락한 것이라고 꾸짖진 마셔요.
밤중의 어둠 때문에 도리어 탄로난 사랑이니까요.
로미오 아가씨, 저기 저 행복한 달님에 두고 맹세하리
다. 이곳 수목들의 가지를 온통 은빛으로 물들이고
있는 저 달님에 두고.

줄리엣 아, 저 주책없는 달님에 두고 맹세하진 마세요. 천체의 궤도에서 나날이 변하는 달이고 보니, 당신 사랑마저 그처럼 변할까 봐 두려우니까요.

로미오 그럼 무엇에다 두고 맹세할까요?

줄리엣 행여 맹세는 마세요. 그래도 기어이 맹세를 하시려거든 당신 자신에게나 두고 하셔요. 당신은 제가 우상처럼 믿는 신령, 당신을 믿겠어요.

로미오 제 가슴에 사무치는 사랑이, 혹?

줄리엣 글쎄, 맹세는 하시지 말라니까요. 당신을 뵌 것이 기쁘긴 해도, 오늘밤의 이 맹세는 싫어요. 어쩐지 너무나 무모하고 너무나 갑작스러워서, '저것 보라'고 말할 사이도 없이 사라져버리는 번갯불만 같아요. 그럼 안녕히. 이 사랑의 꽃봉오리는 여름날 바람에 마냥 부풀었다가, 다음 만날 때엔 예쁘게 꽃필 거예요. 안녕히, 안녕히! 달콤한 안식이 저의 가슴속에나 마찬가지로 당신 가슴속에도 깃들기를!

로미오 이렇게 섭섭하게 들어가시겠소?

줄리엣 그럼 어떡하면 오늘밤이 섭섭하지 않을까요?

로미오 서로 진정을 모아 사랑의 맹세를 바꿉시다.

줄리엣 그건 당신이 청하기 전에 벌써 드렸잖아요? 그야 한번 더 드리곤 싶어요.

로미오 그럼 그걸 다시 가져가고 싶단 말이오? 왜 그
러시죠?

줄리엣 다만 아낌없이 한번 더 드리고 싶어서예요. 하
지만 내 사랑을 내가 탐내고 있나봐요. 제 맘은 바
다처럼 한이 없고 애정도 바다처럼 깊어요. 그러니
당신께 드리면 드릴수록 제게는 더 많아져요. 두 가
지가 다 한량없이 있으니까요. 안에서 누가 부르는
가 봐요. 그럼, 안녕히! (유모가 안에서 부른다) 응, 곧
갈게, 유모! 그리운 몬터규님, 변치 마셔요. 잠깐만
계세요, 곧 돌아올게요. (줄리엣 안으로 들어간다)

로미오 아, 참, 행복한 밤이다! 지금은 밤이니까, 이게
모두 꿈이나 아닐까? 너무나 달콤해서 사실이 아
닌.것만 같구나.

줄리엣, 다시 이층 창문에 등장

줄리엣 세 마디만 더 여쭙겠어요! 그리운 로미오님,
그러곤 정말 안녕히 가세요. 당신의 사랑이 진정이
고 결혼할 계획이라면, 내일 사람을 보내겠으니,
어디서 언제 결혼식을 올리시겠는지 알려주셔요.
그러면 운명을 송두리째 당신 발밑에 내던지고, 당
신을 낭군삼아 세계 어느 곳이라도 따라가겠어요.

유 모 (안에서) 아가씨!

줄리엣 응, 곧 갈게. 그러나 진심이 아니시라면, 제발 저…….

유 모 (안에서) 아가씨!

줄리엣 곧 갈게! 이번 일은 없던 걸로 치셔요. 그리고 저만 슬픔 속에 놔두셔요. 아무튼 내일 사람을 보낼게요.

로미오 천지 신명에 맹세코!

줄리엣 그럼, 천 번이고 안녕히! (줄리엣 들어간다)

로미오 당신의 빛을 잃고 나니 천 배나 더 흥이 깨졌어. 애인을 보러 갈 땐 학교를 파한 아동처럼 기쁘나, 애인과 헤어질 땐 침울한 낯을 하고 학교에 가는 것과 같달까.

줄리엣 또다시 이층 창문에 등장

줄리엣 쉿, 로미오님, 쉿! 아, 매사냥꾼 소리로 저 수매를 다시 불러들였으면! 갇힌 이 몸, 큰 소릴 지를 수도 없구나. 그렇잖다면 저 메아리 신이 사는 동굴을 찢고, 공중에 울리는 그 산울림이 내 소리보다 더 목쉬게 될 때까지 되풀이해서 그를 불러보련만.

로미오 나의 영혼인 그녀가 내 이름을 부르는구나. 밤에 듣는 애인의 목소린 은방울 소리같이 상쾌하구나.

줄리엣 로미오님!

로미오 예!

줄리엣 내일 몇 시에 사람을 보낼까요?

로미오 아홉 시경에 보내 주오.

줄리엣 꼭 보낼게요. 내일이 스무 해나 앞날처럼 멀게
느껴져요. 그런데, 왜 당신을 불렀는지 깜빡 잊었
네요.

로미오 그게 다시 생각나실 때까지 이렇게 서 있으리다.

줄리엣 그대로 서 계시도록 저도 그냥 잊고 있을래요. 당
신 곁에 있어 참으로 기쁘다는 것만을 생각하고요.

로미오 당신이 그냥 잊고 있도록, 나도 이곳 이외는
다 잊고 이대로 있겠소.

줄리엣 벌써 날이 새나 봐. 이젠 돌아가셔요. 하지만
멀리는 가시지 마세요. 장난꾸러기는 손에서 새를
좀 늦춰 놓았다가도 하도 사랑하는 바람에 새의 자
유가 샘이 나서 사슬에 얽힌 불쌍한 죄수처럼 비단
실을 다시 잡아당긴다나요.

로미오 난 당신의 그 새가 되고 싶소.

줄리엣 저도 같은 생각이어요. 하지만 너무 귀여워하
다간 죽이고 말지도 모르겠어요. 안녕, 안녕히! 헤
어지기가 이처럼 슬프니 날 샐 때까지 줄곧 안녕을
부르고 있을래요.

로미오 당신의 두 눈엔 잠이, 가슴엔 평화가 깃들기
를! 난 그 잠이 되고 평화가 되어 고요히 당신 위
에 깃들고 싶소! (줄리엣 들어간다) 이 길로 신부님
의 암실로 가서 조력을 구하고, 내 행운을 보고해
야겠다. (로미오 퇴장)

제 3 장

로렌스 신부의 암실
신부 혼자 바구니를 들고 등장

신 부 회색 눈을 한 아침이 찌푸린 밤 위에서 살짝 웃
고 동쪽 하늘 구름을 빛줄기로 골지으며, 얼룩진
어둠은 주정뱅이처럼 비틀거리면서 태양신의 수레
바퀴로 난 태양의 길에서 흩어져 나가는구나. 자,
태양이 그 불타는 눈을 쳐들고 낮에다 기운을 주어
축축한 밤이슬을 말리기 전에 독초며 귀한 약즙이
들어 있는 꽃잎을 이 바구니에 가득 꺾어 담자꾸
나. 자연의 어머니인 대지는 자연의 무덤이기도 하
고, 자연의 무덤인 그 대지는 또한 자연의 모태이
기도 하거든. 보아하니 그 모태에서 가지각색의 자
식들이 태어나 다정한 대지의 가슴패기에서 젖을
빨고 있더군. 훌륭한 여러 가지 약효를 지닌 것이
적지 않을 뿐더러, 어느 하나 무슨 약효를 안 지닌
것이 없고, 또한 그 약효는 모두 가지각색. 아, 초
목·들 할 것 없이 그 본질 속에는 괴상한 약효가
들어 있어 가지고 세상에 아무리 흉한 것일지라도
무엇인가 특수한 약효를 세상에 주지 않는 것이 없

고, 또한 아무리 좋은 것도 그 용도를 그르치면 본
성에 위배되어 악용의 해를 면치 못하는 법. 덕도
남용되면 악으로 변하며, 악도 활용에 따라서는 이
득이 될 수 있지. (로미오 등장하여 엿듣는다) 가련한
꽃봉오리 속엔 독도 들어 있거니와 약효도 들어 있
지. 맡으면 신체 이곳저곳이 산뜻해지나 맛보면 온
갖 감각은 심장과 함께 딱 멎는다. 아니 초목뿐인
가, 인간 내부에도 덕과 악이라는 두 왕(王)이 늘
진을 치고 있으니, 악이 성하면 인간이란 수목은
죽음이란 벌레한테 당장 먹히고 마는 법.

로미오 신부님, 밤새 안녕하셨어요!

신 부 축복을 받으시라! 일찍 이렇게 반가이 나를 찾
아온 분은 뉘 댁이오? 아, 누구라고. 아니 이렇게
일찍 잠자리에서 일어난 걸 보니 네 마음이 괴로운
가 보구나. 늙은이들 눈은 죄다 깊은 근심 때문에
밤샘을 하는데, 근심이 있는 곳엔 잠이 없게 마련
이다. 그러나 근심 걱정이 없는 젊은이가 사지를
펴는 곳엔 황금의 잠이 지배하는 법이다. 그런데
이렇게 일찍 일어난 것을 보니 필경 넌 무슨 근심
때문에 잠을 자지 못했는가 보구나. 그렇지 않다
면, 우리 로미오가 간밤에 잠자리에 들지 않았던
게지. 어때, 내 말이 맞았지?

로미오 예, 자지 않았어요. 하지만 잠보다 더 달콤한
　　　　안식을 가졌지요.

신 부 하느님 맙소사! 그럼 로잘라인하고?

로미오 로잘라인하고요? 천만에요, 신부님. 전 그 이
　　　　름도 그 이름이 주는 고민도 잊어버렸습니다.

신 부 그거 잘했다. 그래 어딜 가 있었니?

로미오 다시 물으시기 전에 이야기하죠. 실은 원수의
　　　　집 연회에 갔었는데, 난데없이 나를 상처내 준 자
　　　　가 있었고, 나도 그 편을 상처내 주었지요. 그런데
　　　　우리 두 사람의 구원은 신부님의 조력과 거룩한 치
　　　　료 여하에 달려 있습니다. 신부님, 제겐 아무런 원
　　　　한도 없어요. 보십시오, 저의 애원은 원수 편에도
　　　　약이 됩니다.

신 부 애, 솔직하게 말해라. 막연하게 고백해선 막연한
　　　　용서밖에 못 받는다.

로미오 그럼 똑똑히 얘기하겠습니다만, 있는 그대로
　　　　갑부 댁의 예쁜 따님에게 저는 순정을 바쳤지요.
　　　　내가 사랑하듯 저편에서도 나를 사랑합니다. 완전
　　　　히 인연은 맺어져 있으니, 다만 신부님께선 신 앞
　　　　에서 결혼식 주례만 서주십시오. 우리가 언제 만나
　　　　어디서 사랑을 속삭이고 어떻게 맹세를 나누었는가
　　　　는 가면서 얘기하겠습니다만, 부디 오늘 저희들이

결혼식을 올리게 해주십시오.

신 부 아, 프란체스코 성자님! 이게 웬 변화람! 네가 그렇게도 사랑하던 로잘라인을 이렇게 쉽게 잊었단 말이냐? 젊은이들의 사랑은 과연 마음속에 있지 않고, 눈 속에 있는가 보구나. 아, 기가 막혀 말이 안 나오는구나! 너는 로잘라인 때문에 그 파리한 뺨을 짜릿한 눈물로 무던히도 씻었것다. 맛을 잃을 사랑에 간을 주려고 공연히 짭짤한 눈물을 무던히도 쏟았것다. 여태껏 태양은 네 한숨을 하늘에서 거두질 않았고, 이전에 네가 앓던 소리는 아직도 이 늙은 귀에 쟁쟁 울린다. 저것 봐, 네 볼엔 이전의 눈물자국이 아직도 씻어지지 않고 남아 있지 않은가. 너 자신에 변함이 없고, 고민도 네 고민이었을진대, 너 자신도 그 고민도 모두 로잘라인 때문이 아니었던가. 아니 사람이 변했나? 그럼 격언이라도 외어 봐라. 사내자식도 못 믿을 세상이니 여자의 타락쯤이야 예사가 아니겠나.

로미오 로잘라인을 사랑한다고 신부님은 툭하면 저를 꾸짖지 않았습니까?

신 부 사람이 나쁘다는 것이 아니라 사랑에 빠지니까 꾸짖었지.

로미오 그리고 사랑을 파묻으라고 하셨습니다.

신 부 그야 하나를 파묻고 다른 하나를 파내라는 것인
　　　가, 어디.

로미오 제발 꾸짖진 마십시오. 지금 제가 사랑하는 여
　　　자는 정에는 정으로, 사랑에는 사랑으로 보답해 주
　　　는 여자입니다. 로잘라인은 그렇지 않았습니다.

신 부 참 로잘라인이 잘 보았어. 너의 사랑은 수박 겉
　　　핥기로 골자를 모르는 사랑이었거든. 아무튼 가자,
　　　이 바람둥이 청년아, 나와 같이 가자. 나도 생각이
　　　있으니 너를 도와는 주겠다. 이 연분으로 다행히
　　　두 집 원한이 진정한 애정으로 풀릴지도 모르지.

로미오 아, 어서 가시지요! 몹시 다급합니다.

신 부 정신 차려서 천천히, 급히 달리면 넘어진다. (두
　　　사람 퇴장)

제 4 장

광장
벤볼리오와 머큐쇼 등장

머큐쇼　제기랄, 로미오 이자가 어디 있담? 간밤엔 집
　　　에 안 돌아왔나?

벤볼리오　자기 집엔 안 돌아왔다네, 그자 하인한테 물
　　　어 보았네만.

머큐쇼　아, 저 허여멀겋고 무정한 계집, 저 로잘라인
　　　때문에 하도 고민하는 바람에 그자는 필경 미쳐버
　　　리지 않을까?

벤볼리오　캐퓰릿 영감쟁이의 친척 티볼트가 로미오 부
　　　친 집에 편지를 보내왔다네.

머큐쇼　결투장일 거야, 틀림없어.

벤볼리오　로미오는 물론 응하겠지.

머큐쇼　그야 글을 아는 사람이면 편지에 응답하는 것
　　　이 당연하지.

벤볼리오　그게 아니라, 결투장을 받은 이상 응전의 답
　　　장을 쓸 것이란 말일세.

머큐쇼　아, 불쌍한 로미오, 그자는 벌써 죽었네. 허연

계집년의 까만 눈에 찔리고 귀는 사랑의 노랫소리
에 뚫리고 염통 한가운데는 눈먼 소년 궁수의 장난
감 화살에 찔려 있거든. 그따위가 티볼트에게 덤빌
수 있나, 어디?

벤볼리오　대관절 티볼트는 뭔데?

머큐쇼　고양이 임금보다도 한술 더 뜨는 놈이지. 그
녀석, 제법 예의범절을 잘 지킨다나. 노래라도 부
르듯이 시간과 거리와 박자에 맞추어서 덤빈다나.
잠깐 쉬자마자 하나, 둘, 셋은 대뜸 가슴패기라나.
비단 단추를 치는 백정놈. 칼쓰기론 일류요, 문벌
로도 이름난 신사라 결투에도 일일이 따진다는군!
아, 천하무적의 앞치기, 뒷치기다. 으흠, 어때!

벤볼리오　뭐가?

머큐쇼　저 되지 못한 말을 괴상하게 떠벌리는 빌어먹
을 녀석들, 저 신식 말을 주워 대는 녀석들 말야!
"거참, 어지간한 칼솜씨요! 굉장하시오! 참 훌륭한
갈보이시군요!" 라나. 여보게 영감, 한탄할 일 아닌
가. 저 아니꼬운 파리 놈들한테 우리가 이렇게 시
달려야 하다니, 글쎄 원. 저 멋쟁이놈들, 유행식인
사랑을 주워 대는 자식들, 줄곧 새것만 쫓고 헌 걸
상엔 뼈가 아파 편히 앉을 수도 없다나! 아이고,
저런, 저런!

로미오 등장

벤볼리오 로미오가 오네, 마침 로미오가!

머큐쇼 얼빠진 말린 청어 꼴이로군. 아, 저 사람 좀 보게, 왜 저렇게 생선 꼴이냐 말일세! 저자는 페트라르카 같은 연가를 짓는다나. 페트라르카의 애인 로라도 자기 애인에 비하면 부엌데기라네. 그러나 로라의 애인은 저자보단 노래가 상수였지. 그뿐인가, 저자는 자기 애인에 비하면 디도도 추녀밖에 안 되고 클레오파트라는 깜둥이 계집, 헬렌과 헤로도 더러운 갈보, 푸른 눈인가 뭔가를 가졌다는 티스베 역시 명함도 못 내민다는 거야. 로미오님, 봉주르! 자네 바지가 프랑스식 나팔바지니까 인사도 프랑스식으로 해야 격이 맞을 거네. 그런데 자네 간밤에 어지간히 우릴 골탕먹였네.

로미오 아, 두 친구 다 안녕한가! 그런데 골탕을 먹이다니?

머큐쇼 그렇잖구. 골탕먹인 생각이 안 나나?

로미오 용서해, 머큐쇼. 워낙 중대한 일이었어. 그런 경우엔 실례쯤 할 수 있잖아.

머큐쇼 그럼 자네 같은 경우엔 나더러 무릎을 꿇고 굽실거리란 말이군.

로미오 그건 절을 하는 게 아닌가.

머큐쇼 그거 어지간히 맞았군.

로미오 참 점잖은 해석인걸.

머큐쇼 이래봬도 난 점잖기론 정화(精華)일세.

로미오 그럼 꽃이란 말인가?

머큐쇼 물론.

로미오 하긴 내 신발에도 꽃무늬가 놓여 있네.

머큐쇼 맞았어! 그럼 자. 이런 농담을 따라와 보겠나?
　　　　자네 신발이 닳아 떨어질 때까지 말야. 그땐 바닥이
　　　　한 꺼풀 다 닳아도 농담만은 꼴보기 좋게 남을 게
　　　　아닌가.

로미오 그거 참 꼴보기 좋게 한 장 남은 농담이로군.

머큐쇼 벤볼리오, 좀 도와주게. 내 기지(機知)는 기진
　　　　맥진이네.

로미오 자네 기지를 막 두들겨패게, 두들겨패. 안 그러
　　　　면 결판이 났다고 외쳐버릴 테야.

머큐쇼 그 바보 기러기 쫓기 같은 기지 시합엔 손들었
　　　　네. 자넨 그 기러기 같은 지혜를 나보다 다섯 배나
　　　　더 갖고 있으니까. 어때! 바보 기러기라고 하니 입
　　　　맛이 당기나?

로미오 언제나 자넨 그 바보 기러기가 아니었나?

머큐쇼 그따위 소리 다시 해봐, 귀를 깨물어 줄 테니까.

로미오 착한 기러기님, 제발 깨물진 말게.

머큐쇼 기지치곤 짭짤하군. 제법 톡 쏘는 양념 같네그려.

로미오 글쎄, 기러기 요리엔 좋은 양념이 아니겠나?

머큐쇼 아, 양피(羊皮) 같은 기지 좀 보게. 한 치를 한
      자로 늘이는군.

로미오 그럼 실컷 좀 늘여 볼까. 글쎄 기러기 이야기
      가 나왔으니 말인데, 아무리 보아도 자넨 천하 없
      는 바보 기러기라니까.

머큐쇼 어때, 실연으로 끙끙 앓는 것보다는 낫잖아?
      오늘은 아주 제법인데. 그래야지. 우리 로미오가
      오늘은 어느 모로 보나 진짜가 됐군그래. 사랑으로
      기운이 빠져서 작대기를 구멍 속에 감추려고 축 늘
      어져 오르락내리락 뛰어다니는 놈은 바보지 뭐야.

벤볼리오 제발 그만두게, 그만둬!

머큐쇼 남의 의사도 무시하고 이야기를 그만두라고?

벤볼리오 그냥 됐다간 이야기가 한이 없겠는걸.

머큐쇼 허, 자네 잘못 봤군! 난 짧게 하려는 거야. 사
      실은 내 이야기도 바닥이 드러났으니 더 이상 늘어
      놓을 생각은 없네.

        잘 치장한 유모가 하인 피터를 데리고 가까이 오는 것이 보인다.

로미오 거 잘됐네! 배다, 배!

머큐쇼 두 척이다, 두 척! 바지와 고쟁이다.

유 모 피터야!

피 터 예예.

유 모 부채를 이리 줘.

머큐쇼 피터야, 낯을 가리신단다. 부채가 마님 낯보다
　　　　곱잖니.

유 모 아침에 안녕하시오, 여러 양반.

머큐쇼 늦었는데요, 마님.

유 모 벌써 시간이 그렇게 되었수?

머큐쇼 암요. 저 음탕한 해시계의 손목이 지금 정오의
　　　　그 대목을 꼭 누르고 있지 않습니까.

유 모 원 별 사람도! 무슨 사람이 이럴까.

로미오 마님, 저 사람은 자기 자신을 부수려고 태어난
　　　　사람이랍니다.

유 모 참, 근사하군요. "자기 자신을 부수려고"라구요?
　　　　저 여러 양반님, 어딜 가면 로미오 도련님을 만날
　　　　수 있을 것인지, 이 중에 누가 아시오?

로미오 그건 내가 알지요. 그러나 로미오 도련님을 만
　　　　나보면 지금까지 찾고 있던 것보다는 더 늙어 보일
　　　　거요. 그 이름으론 내가 제일 젊지요. 하기야 이만
　　　　큼 못난 녀석도 없지만.

유 모 아이, 재미있어라!

머큐쇼 아니, 못났다는데 재미있다고? 참 이해를 잘하
　　　　시는군! 약다, 약아!

유 모 댁이 로미오 도련님이시라면, 친히 여쭐 이야기
　　　　가 좀 있어 그러는데요.

벤볼리오 만찬에 초대할 모양이군.

머큐쇼 토끼다, 토끼! 와, 나왔다!

로미오 무엇이 나왔어?

머큐쇼 보통 토끼가 아냐. 만두에 쓰는 토끼가 아니라,
　　　　좀 퀴퀴하게 낡아빠져서 쓸모없는 저 토끼〔娼女〕 말
　　　　이야.

　　　　　머큐쇼가 걸어나가면서 노래를 한다.

　　　케케묵은 늙은 토끼
　　　케케묵은 늙은 토낀
　　　만두엔 썩 좋지
　　　케케묵은 토끼한테
　　　누가 돈을 다 쓸까 보냐
　　　먹기도 전에 쉬어 있는걸
　　여보게, 로미오, 자네 아버지네 집으로 돌아가겠
　　나? 거기서 만나서 식사나 하세그려.

로미오 뒤에 따라감세.

머큐쇼 그럼 안녕히 계십시오, 마님. (노랫조로) 마님,
　　마님. (머큐쇼와 벤볼리오 퇴장)

유 모 제발 잘 가요. 횡설수설 늘어놓고, 웬 양반이 저래?

로미오 유모, 저 사람은 자기 혼자 떠드는 소리를 듣
　　기 좋아하는 사람이오. 한 달 걸려도 못다 할 말을
　　일 분이면 다 지껄일 사람이오.

유 모 내 욕만 해봐, 가만 안 둘 테니까. 제까짓 게 힘
　　이 세더라도 스무 명쯤은 해낼 테야. 내가 못해 내
　　면 해낼 사람을 불러오지 뭐. 망할 자식! 나를 제
　　놀림감인 줄 아나 보지. 나를 백정놈의 짝궁인 줄
　　아나 봐. (피터를 보고) 그런데 넌 어쩌자고 멀거니
　　서서 보고만 있는 거냐. 뭇놈들이 달려들어 맘대로
　　나를 희롱하는데!

피 터 아무도 마님을 맘대로 희롱하진 않던뎁쇼. 그런
　　일만 있다면 난 칼을 번개같이 빼지요. 싸움판이
　　벌어지고 이쪽에 잘못만 없다면, 정말 칼빼기론 남
　　에게 뒤떨어질 내가 아니니까요.

유 모 참말로 너무도 분해서 온몸이 부들부들 떨리는
　　구면. 망할 자식이! 그건 그렇고, 도련님, 아까 말
　　씀드렸듯이 우리집 아가씨가 저보고 도련님을 찾아
　　가 보라고 했습죠. 아가씨 부탁은 저 혼자만 알고
　　있겠어요. 하지만 세상 말마따나 도련님이 우리집

아가씰 바보의 천당으로 꾀어가시겠다면, 그건 이 만저만한 행패가 아니지요. 젊은 아가씨를 속여서 농락한다면 참말로 부녀자에겐 행패지요, 아주 못된 행패지요.

로미오 유모, 아가씨께 이렇게 전해 주오. 유모 앞에 맹세하지만, 저…….

유 모 아이고, 예! 꼭 그렇게 전할게요. 아, 우리 아가씨가 얼마나 기뻐하실까!

로미오 유모, 대체 뭐라고 전하겠다는 거요? 유모는 내 말을 채 듣지도 않고서!

유 모 제가 보기엔 도련님은 참 신사양반답게 맹세하시더라고 전하죠.

로미오 저, 이렇게 전해 주오. 오늘 오후 어떻게 해서든지 참회식에 나오면, 로렌스 신부님의 암실에서 참회식을 하고 난 다음 곧 결혼을 하기로 한다고요. 자, 이것 수고비요.

유 모 어머나, 한 푼도 싫어요.

로미오 자, 받아 두시오.

유 모 오늘 오후라고 하셨지요. 예, 꼭 그렇게 전할게요.

로미오 그리고 유모는 성당 담 뒤에서 기다려 주오. 한 시간 안으로 내 시종이 사다리같이 얽은 줄을 가지고 갈 것이오. 그건 밤중에 나를 행복의 절정으로 올려다 줄 줄이오. 그럼 안녕히 가시오. 잘 부탁합니다. 사례는 하리다. 아가씨께 안부 전해 주오.

유 모 그럼 하느님의 복을 받으소서! 그런데 저,

로미오 뭐 말이죠, 유모?

유 모 도련님 좋은 믿음직한 사람인가요? 속담에도 있지만, 듣는 사람이 없고 두 사람끼리면 비밀은 안 샌다잖아요?

로미오 걱정 마오. 내 종은 강철처럼 믿음직한 놈이니까.

유 모 그건 그렇고, 우리집 아가씬 정말 귀여운 분이지. 아이고, 고것이 참으로 귀여운 소리를 하지 않겠수. 아, 지금도 시내에 패리스라는 귀족 양반이 우리 아가씨한테 홀딱 반해 있지만 가엾게도 아가씬 그 양반을 보느니 차라리 두꺼비를 보겠다잖우. 나는 가끔 아가씨의 노염까지 사면서 패리스 양반이 미남이 아니냐고 말해 봤지요. 그러나 내가 그 말만 하면 아가씬 참말로 배 바닥처럼 안색이 온통 헬쑥해지지 않겠수, 글쎄. 그런데 저 로즈메리꽃과 로미오 도련님은 같은 글자로 시작하는 게 아닌가요?

로미오 그렇소. 그건 왜 묻죠? 둘 다 R로 시작하오.

유 모 어머, 농담을 다. 그건 개[犬] 이름자인데. R자는 저…… 아냐, 좀더 다른 글자로 시작할 거야.

　나도 알지. 그건 그렇고, 아가씨는 도련님의 이름
자와 로즈메리꽃을 붙여서 훌륭한 글귀를 짓는답니
다. 그걸 도련님께 들려드릴 수 있다면 얼마나 좋
겠어요.
로미오　그럼, 아가씨께 안부 전해 주오.
유 모　예, 천 번이라두 전하겠어요. (로미오 퇴장)
피 터　예예.
유 모　앞서라, 어서 가자. (두 사람 퇴장)

제 5 장

케퓰릿 집의 정원
줄리엣 등장

줄리엣 아홉 시를 쳤을 때 유모를 보냈지. 반 시간이면 돌아오겠다고 했는데. 혹시 그이를 못 만났을까. 그렇진 않을 거야. 아, 절름발이 유모 같으니. 사랑의 심부름은 역시 사랑의 화살이 해야 해. 사람의 마음에 떠오르는 사랑은 험한 산 위에서 그림자를 몰아버리고 달리는 햇빛보다 열 배나 빠르지 않는가. 그래서 사랑의 수레는 날개가 가벼운 비둘기가 끌고, 큐피드는 바람처럼 재빠른 날개가 있지. 지금 태양은 하룻길 맨 꼭대기에 올라 있고, 아홉 시부터 열두 시까진 꼭 세 시간이나 되는데 아직도 유모는 안 돌아오는구먼. 유모도 정열과 끓는 젊은 피를 가졌다면 공처럼 빨리 왔다갔다해서, 내 말로 그이한테 날아가고, 그이 말로 이리 날아오고 할 것 아니겠는가. 늙은이들은 대개 송장 같아. 다루기 힘들고, 느리고, 둔하고, 납빛처럼 푸르고. (유모와 피터 등장) 어머나, 유모다. 아, 착한 유모, 소식은? 만났어? 피터는 좀 나가 있으라고 해요.

유 모 피터야, 넌 문간에 가 있거라. (피터 퇴장)

줄리엣 자, 착한 유모, 아니 왜 그렇게 슬픈 안색이에
요? 제발 슬픈 소식이라도 기쁘게 이야기해 줘요.
좋은 소식도 그렇게 슬픈 얼굴로 이야기해서야 음
악같이 달콤한 소식을 망치지 않겠어.

유 모 아, 고단해. 잠깐만 기다려 줘요. 원, 왜 뼈가
이렇게 아플까! 무던히 뛰어다녔구먼!

줄리엣 내 뼈를 대신 주겠으니 소식을 말해 줘요. 자,
얼른 말해 봐요. 착한 유모, 얼른.

유 모 맙소사. 성미도 급하긴! 잠깐도 못 기다린담?
이것 봐요, 이렇게 내 숨이 차잖우?

줄리엣 숨이 차다고. 말할 숨은 있으면서 어떻게 숨이
차요? 미적미적 변명하는 시간이 대답하는 시간보
다 더 기네요. 소식은 좋아, 나빠? 어서 대답해 봐
요. 가부간 대답해 봐요, 잔이야기는 천천히 들어
도 좋으니 어서 내 속을 풀어 달라니까. 나쁜 소
식? 좋은 소식?

유 모 참, 아가씨도 바보처럼 골랐어. 아가씬 사내를
고를 줄 모르나 봐. 로미오라고! 당치도 않지. 그
양반 얼굴은 누구에게도 안 빠지고, 다리도 누구에
게도 비할 바 없지만, 그리고 손발도 몸도 말할 나

위야 없지만, 그래도 이것 역시 비할 바 없고. 예의범절의 꽃이라고 할 순 없지만, 참말로 어린 양처럼 얌전하더구면. 아가씨, 어서 가서 하느님께 정성을 드려요. 그래 점심은 잡수셨어요?

줄리엣 아니, 아직. 하지만 그까짓 이야기라면 벌써 나도 죄다 알고 있어. 우리 결혼 말이야, 그이가 뭐라고 했어, 응?

유 모 아, 골치야! 웬 골치가 이럴까! 스무 조각이라도 난 것처럼 골치가 아프구면. 그리고 또 허리도. 아이고 허리야, 허리야! 제기, 아가씨 심부름하느라고 이곳저곳 뛰어다니다가 죽게 됐네.

줄리엣 편찮다니 참 미안해요. 이봐요, 착한 유모, 그이가 뭐라고 하셨지?

유 모 그이는 참 점잖은 신사답게 말하시더구면. 얌전하고 친절하고 미남이고, 또 참말로 예의바른 신사답게 말하시더구면. 그래 어머님은 어디 계시우?

줄리엣 어머님이 어디 계시냐고? 안에 계시지 뭐, 다른 데 계실라고? 대답도 참 이상해라. "그이는 신사답게 말하시더구면. 어머님은 어디 계시우!"라니.

유 모 아이고, 성모님! 그렇게 몸이 다나? 내 참! 이게 내 뼈아픈 데 약값이람? 앞으론 자기 일일랑 자기가 하구려.

줄리엣 무던히 수선스럽군. 그래 그이가 뭐라고 하셨
      어?

유 모 아가씬 오늘 참회식에 나갈 승낙을 얻어 놨수?

줄리엣 응.

유 모 그럼, 어서 로렌스 신부님 암실로 가봐요. 서방
      님이 아가씰 아내로 삼으려고 기다리고 계시니까.
      저것 봐, 두 볼이 벌써 상기되는군그래. 무슨 말만
      들어도 금방 빨개지거든. 얼른 교회로 가봐요. 난
      줄사다리를 가지러 다른 길로 가봐야겠어. 밤이 되
      면 그분은 그 줄사다리를 타고 새〔鳥〕의 보금자리
      로 올라가게 되지. 난 아가씰 기쁘게 해드리려고
      보람도 없이 고생만 하는군. 하지만 밤이 되면 당
      장 아가씬 짐을 받들 차례야. 어서 가봐요. 난 무
      엇을 좀 먹어야겠어. 어서 암실로 가보라니까.

줄리엣 행복 찾아 어서 가자! 착한 유모, 안녕.

제 6 장

로렌스 신부의 암실
신부와 로미오 등장

신　부　하느님, 이 거룩한 식을 축복하시와, 뒤에 슬프
　　　게 우리를 책망 마옵소서.

로미오　아멘, 아멘. 그러나 어떠한 슬픔이 닥쳐오더라
　　　도 그녀를 보는 순간에 일어나는 서로간의 기쁨에
　　　당하진 못합니다. 신부님, 신의 말씀으로 저희들의
　　　손을 맺어만 주십시오. 사랑을 잡아먹는 죽음더러
　　　무슨 짓이고 하라지요. 그녀를 내 것이라 부르게만
　　　되면 충분하니까요.

신　부　그와 같이 격렬한 기쁨은 격렬하게 끝나며, 불
　　　과 화약이 서로 닿자마자 폭발하듯이 승리의 절정
　　　속에서 죽는 법. 지나치게 단 꿀은 달기 때문에 도
　　　리어 싫어지며 맛을 보면 입맛을 버린다. 그러니까
　　　사랑은 적당히 해야 한다. 오래 가는 사랑은 다 그
　　　렇다. 서두르면 살펴 가는 것보다 오히려 더디니
　　　라. 아가씨가 오는구나. (줄리엣 등장)
　　　　아, 저렇게 가벼운 걸음걸이엔 저 딱딱한 바닥돌도

조금도 닳지 않겠지! 연애하는 자는 여름날 바람에 살랑살랑 흔들리는 거미줄을 타도 안 떨어진다는 거야. 사랑의 기쁨은 그렇게도 가벼운 것이거든.

줄리엣　신부님, 안녕하세요!

신 부　로미오가 우리 둘 몫의 인사말을 할 거다.

줄리엣　그럼, 로미오님도 안녕하세요. 그렇게 해두면 로미오님의 인사가 너무 황송해서. (둘이 껴안는다)

로미오　아, 줄리엣, 당신과 나의 기쁨의 양은 같더라도, 그 표현에 있어 당신이 위라면, 제발 당신의 말로 이 근처 공기를 향기롭게 해주오. 그리고 지금 이렇게 만나 서로 주고받는 꿈 같은 행복을 음악과 같이 풍요하게 말해 주오.

줄리엣　참다운 사랑은 말보다 내용이 더 충실하니, 겉치레보다 실속을 자랑삼아요. 가난뱅이나 가진 돈을 헤아릴 수 있어요. 저의 순정은 너무나 커서 그 절반도 헤아릴 수 없어요.

신 부　자, 나와 함께 가서 어서 일을 마치자. 좀 안된 얘기다만 성당이 두 사람을 하나로 맺어 주기 전엔, 너희들끼리 놔둘 수 없다. (모두 퇴장)

제 3 막

제 1 장

광장
머큐쇼, 벤볼리오, 그리고 이들의 하인들 등장

벤볼리오 여보게 머큐쇼, 우린 이제 물러가세. 날씨는 무덥고 캐퓰릿네 것들이 나다니네. 마주치면 싸움을 면치 못할 거네. 이렇게 더운 날씨엔 피도 미칠 듯이 끓을 테니까.

머큐쇼 술집에 들어서자마자 칼을 상 위에 내던지고 "너 같은 건 소용없어." 하고 지껄이며 두 잔째 술이 돌자마자 이유도 없이 접대인한테 칼을 빼는 자가 있다더니, 자네가 바로 그 식이로군.

벤볼리오 내가 그래 그 식이라고?

머큐쇼 허어, 이탈리아 천지에 자네처럼 화 잘 내는 자도 없으렷다. 금방 성이 나서 발끈하고, 금방 발끈하여 성을 내거든.

벤볼리오 뭐가 어떻다고?

머큐쇼 글쎄, 자네 같은 자가 둘만 있다간 서로 맞죽일 것이니, 둘 다 없어지고 말 거야. 자넨 글쎄 턱수염이 저편에 한 올 더 많다고 시비를 할 게 아닌

가. 자넨 호두를 까는 자만 봐도 자네 눈알이 호두
빛깔이란 이유만으로 실랑일 할 거네. 그야 그런
눈이 아니고서야 어디 그런 시비를 캐낼 수 있나?
자네 머릿속엔 달걀 속처럼 싸움만 잔뜩 차 있는데
다가 싸움 때마다 얻어맞아 곯은 달걀처럼 터져 있
네. 언젠가도 거리에서 누가 기침을 해서 햇볕에
졸고 있는 자네를 깨웠다고 그자와 싸웠것다. 자넨
또 재봉사가 부활절 전에 새옷을 지어 입었다고 시
비하지 않았어? 누구하곤 새 신에 헌 끈을 맸다고
싸웠지? 그러고 나서도 나더러 싸움을 하지 말라
고 충고를 다해?

벤볼리오 내가 자네처럼 싸우기 좋아한다고 치면, 내
　　　　생명은 통틀어서 한 시간 십오 분어치도 안 되게?

머큐쇼 통틀어서라고? 허, 기가 막혀!

　　　　　티볼트, 그밖의 사람들 등장

벤볼리오 저봐, 정말 캐퓰릿네 것들이 오잖아.

머큐쇼 제기, 올 테면 오라지그래.

티볼트 내 뒤를 바싹 따라서라. 저것들한테 말을 붙여
　　　　볼 테다. 여러분, 안녕하오! 당신네 가운데 누구하
　　　　고 한마디 할 이야기가 있소.

머큐쇼 우리들 가운데 누구하고 한마디 할 이야기가
      있다? 말의 짝을 좀 채우지그래, 한마디와 한바탕
      이라고.
티볼트 당신네 편에서 기회만 마련해 주면 그냥 물러
      설 이쪽도 아니지.
머큐쇼 그런 기회를 마련해 주지 않으면 그편에서 좀
      마련할 순 없나?
티볼트 머큐쇼, 넌 로미오 녀석하고 짝이 돼가지고.
머큐쇼 짝? 그래, 우리가 거지 악사 패거린 줄 아나?
      우릴 거지 악사로 쳐도 좋다. 그렇다면 시끄러운
      소리 좀 들려 주마. 자, 악기채다. 춤이나 좀 춰봐.
      망할 자식, 짝이 다 뭐냐!
벤볼리오 여긴 한길이네. 어디 조용한 곳으로 물러가
      서 서로 불만을 조용히 따지든지, 이대로 그냥 헤
      어지든지 하세. 눈들이 죄다 보고 있잖아.
머큐쇼 사람의 눈은 보라고 달린 거야. 마음대로 보라지.
      난 남의 비위를 맞추려고 물러서기는 싫다, 싫어!

      로미오 등장

티볼트 자, 당신과는 화해하겠어. 이제 저 녀석이 나타
      났으니까.

머큐쇼 목을 매 죽을 일이로군. 로미오가 네 종놈 옷이라도 입고 있단 말이냐. 어서 싸움터로 나서 보지, 로미오가 따라갈 테니! 그래, 귀하가 로미오를 저 녀석이라고 할 수 있을까.

티볼트 로미오야, 내가 네놈에게 아첨을 한다 해도 이보다 더 좋은 말은 할 수 없다. 이 망나니 녀석아!

로미오 여보게 티볼트, 난 자네를 아껴야 할 까닭이 있어서 그 무례한 인사도 참네. 나는 망나니가 아니네. 그러니 좋게 헤어지세. 자넨 이 사람을 몰라 보는가 보네.

티볼트 야, 이놈, 일전에 네가 준 모욕이 그걸로 씻어질 줄 아느냐? 어서 이쪽으로 돌아서서 칼이나 빼라.

로미오 분명히 말하지만 내가 자네를 모욕한 일은 없네. 오히려 나는 자네가 상상도 못할 만큼 자네를 사랑하네. 그 까닭은 차차 알게 될 거네. 여보게 캐퓰릿, 그 이름부터 내 이름만큼이나 소중하네만 그만 진정하게.

머큐쇼 뭘 그토록 비위를 맞춰? 일격이면 끝장이 날 게 아닌가. 티볼트, 이 쥐잡이 놈아, 좀 기어나와 보겠나?

티볼트 날 어떡하자는 거야?

머큐쇼 고양이 족속의 임금놈아! 네 아홉 개의 생(生) 중 하나만을 내 맘대로 하자는 거다. 앞으로도 네 태도 여하에 따라선 나머지 여덟마저 때려 잡자는 거다. 칼자루를 쥐고 칼집에서 칼을 좀 빼보지 않겠나? 어서 빼봐. 어서 안 빼면 내 칼이 네놈의 귀로 날아간다.

티볼트 그럼 덤벼 봐라. (칼을 뺀다)

로미오 여보게 머큐쇼, 칼을 집어넣게.

머큐쇼 거 네놈의 찌르는 솜씨로구나. (둘이 싸운다)

로미오 여보게 벤볼리오, 칼을 빼가지고 이자들의 칼을 쳐서 떨어뜨리게. 창피하잖나, 이렇게 난폭한 짓을 하지 말게. 티볼트, 머큐쇼, 베로나의 거리에서 이렇게 싸우지 말라는 영주님의 엄명이 있지 않았나. 아서, 티볼트! 머큐쇼! (티볼트가 로미오의 팔 밑으로 머큐쇼를 찌르고 달아난다)

머큐쇼 아이고, 다쳤다. 네놈네 두 집 다 망해 버려라! 난 가망이 없다. 그놈은 달아나 버렸나, 상처 하나도 안 입고?

벤볼리오 뭐, 다쳤어?

머큐쇼 응,응, 좀 할퀴었네 할퀴었어. 그래도 충분한 상처야. 내 종놈은 어디 있느냐? 임마, 어서 의사를 모셔와. (시동 퇴장)

로미오 이 사람아, 기운을 내게. 상처는 대단치 않네.

머큐쇼 아냐, 이 상처가 샘만큼 깊진 않고, 교회문만큼 넓진 않아도 상처로는 큰 걸세. 내일 찾아보게, 자넨 이 나를 무덤에서나 만날 수 있을 거네. 정말이지 나도 이제는 사바 세계를 하직하는군…… . 빌어먹을 두 집안 같으니라고! 제기랄! 개가, 쥐가, 생쥐가 글쎄, 고양이가 다 사람을 할퀴어 죽이다니! 수학책이나 들여다보면서 칼싸움하는 허풍선이·악당·망나니 녀석이! 제기, 자넨 어쩌자고 싸움판엘 뛰어들었어? 난 자네 팔 밑에서 다쳤어.

로미오 잘하자는 것이 그만.

머큐쇼 이봐 벤볼리오, 어디 근처 집으로 날 좀 데려다 줘. 난 기절할 것만 같아. 두 놈 집안 다 망해 버려라! 그놈들이 날 구더기밥으로 만들어 버렸군. 다쳤다, 다쳤어. 이렇게 완전히. 망할, 망할 네놈네 두 집안 같으니……! (벤볼리오가 머큐쇼를 부축해서 나간다)

로미오 영주님의 근친이요 내 친구인 머큐쇼는 나 때문에 저렇게 치명상을 입었다. 내 명예도 티볼트의 욕설로 흐려져 버렸어. 한 시간 전에 친척 연분이 맺어진 티볼트인데. 아, 사랑하는 줄리엣, 당신의 미모가 날 얼간이로 만들고, 강철처럼 단단한 내

성격을 녹여놓았구려!

　　　　벤볼리오 다시 등장

벤볼리오 아, 로미오, 용감한 머큐쇼는 죽었어. 저 늠
　　　름한 혼은 너무도 엉뚱하게 이 세상을 마다하고 구
　　　름 위로 올라가 버렸다네.
로미오 오늘의 행복은 두고두고 화근이 되렷다. 이것
　　　은 재앙의 시작, 후일 결말은 오고야 말렷다.

　　　　티볼트 다시 등장

벤볼리오 불같이 화가 나가지고 티볼트가 돌아오네.
로미오 이놈, 머큐쇼를 죽이고 넌 살아서 날뛰느냐!
　　　관용이 다 뭐냐! 하늘에 팽개치자. 그리고 눈에서
　　　불을 뿜는 분노에 몸을 맡기자꾸나! 야, 티볼트야,
　　　아까 네가 나를 ‘망나니’ 라고 불렀지만, 자, 도로
　　　찾아가라. 머큐쇼의 혼은 우리들 머리 위 얼마 안
　　　되는 곳에서 너와 같이 가려고 기다리고 있다. 너
　　　아니면 내가, 혹은 둘이 다 그를 따라가야 한다.
티볼트 망할 자식, 여기서 네가 그놈의 짝이었지. 저승
　　　에도 같이 보내 주마.
로미오 그것은 이 칼이 정할 문제다. (둘이 싸우다가 티

볼트가 쓰러진다)

벤볼리오   이봐 로미오, 어서 피해! 시민들이 일어섰
     어. 티볼트는 쓰러졌어. 멍하니 서 있지만 마라.
     체포되면 영주는 사형을 내릴 거야. 어서 피해, 어
     서!

로미오   아, 난 운명에 희롱당하는 바보로구나.

벤볼리오   뭘 꾸물거리고 있어? (로미오 퇴장)

          시민들 등장

시 민   머큐쇼의 살해범은 어디로 도망쳤어? 살인자 티
     볼트는 어디로 달아났어?

벤볼리오   티볼트는 거기 있지 않소.

시 민   이봐, 일어나서 같이 가자. 영주님의 이름으로
     너를 체포하겠다.

       영주, 몬터규와 캐퓰릿, 이들 두 사람의 부인, 기타 등장

영 주   이 싸움을 시작한 괘씸한 것들은 어디 있느냐?

벤볼리오   아, 영주 각하. 이 치명적인 불행한 싸움의
     자초지종을 제가 말씀드리겠습니다. 여기 쓰러져
     있는 자는 로미오 청년이 죽였습니다. 그리고 각하
     의 친척인 용감한 머큐쇼는 저자가 죽였습니다.

캐퓰릿 부인 티볼트, 내 조카, 아, 오빠의 아들! 아, 영주님, 아이고, 영감! 아, 가까운 일가의 피가 쏟아졌어요. 공정하신 영주님, 우리의 피 값으로 몬터규네 피도 쏟아 주세요. 아, 조카야, 조카야!

영 주 이봐 벤볼리오, 이 무참한 싸움은 누가 먼저 시작했느냐?

벤볼리오 여기 쓰러져 있는 티볼트는 로미오 손에 죽었습니다. 로미오는 싸움이란 쓸데없는 짓 아니냐고 점잖게 타이르고, 각하의 노여움을 살 것이 아니냐고 달랬지요. 부드러운 표정을 지으며 무릎을 굽혀가며 점잖은 말로 달랬지만 막무가내로 흥분하여 덤벼드는 티볼트의 분노를 진정시키진 못했습니다. 그런데 갑자기 티볼트가 예리한 칼을 대담한 머큐쇼 가슴패기로 빼들자, 역시 흥분한 머큐쇼도 흉악한 칼을 빼들고 마구 욕질하면서 한 손으론 싸늘한 죽음의 칼날을 젖히며 다른 손으론 되받아 쳤는데, 티볼트도 여간한 솜씨가 아니라 되받아 쳤지요. 이때 로미오가 "아서, 자네들! 그러지 마라!" 하고 큰 소릴 치기가 바쁘게 날쌘 팔로 그자들의 필사적인 칼날을 때려 젖히고 두 사람 사이로 뛰어들었습니다. 그러자 이때 로미오의 팔 밑으로 티볼트의 흉측한 칼이 늠름한 머큐쇼에게 치명적인 일격을 가하고, 티볼트는 일단 달아났다가 금방 되돌아왔는데, 이제는 로미오도 복수심에 불타 두 사람은 번개처럼 맞붙어 싸웠지요. 그러자 제가 칼을 빼들고 말릴 사이도 없이 늠름한 티볼트는 살해되어 쓰러지고 로미오는 휙 돌아서서 달아나 버렸습니다. 이상이 사건의 진상입니다. 거짓이 있다면 이 벤볼리오를 죽여 주십시오.

캐퓰릿 부인 저이는 몬터규네 집 사람이에요. 그편을 두둔해서 허위 진술을 하고 있어요. 이 망측한 싸움엔 이십여 명이나 대들어서, 그 이십 명이 한 사람의 생명을 없앤 것이에요. 영주님, 부디 공정하게 판결해 주세요. 로미오는 티볼트를 죽였으니, 그를 살려 둘 수는 없어요.

영 주 로미오는 티볼트를 죽였고, 티볼트는 머큐쇼를 죽였소. 그럼 머큐쇼의 값비싼 피값은 누가 치를 것이오?

몬터규 영주 각하, 그건 로미오가 아닙니다. 로미오는 머큐쇼의 친구였습니다. 로미오가 티볼트를 죽인 것은 잘못이지만 그는 법률이 처단할 일을 했을 뿐입니다.

영 주 그럼 그 죄로 로미오를 당장 추방하겠다. 나까지 당신들 싸움에 말려들어서, 당신들의 망측한 싸움 때문에 이렇게 일가의 피를 흘리고 말았구나. 그러나 당신들이 죄다 내 손실을 후회할 만한 엄벌을 내릴 테다. 소청이나 변명은 일체 안 들어 주겠다. 울고 빌어도 용서 않겠다. 그러니까 그런 수작은 일체 하지 마라. 속히 로미오를 퇴거시켜라. 그렇지 않고서 만약 발각되는 날이면 그것이 마지막인 줄만 알아라. 이 시체는 치우고 내 처분을 기다려라. 살인범을 용서하는 자비는 오히려 살인을 조장할 뿐이다. (모두 퇴장)

제 2 장

캐퓰릿의 집
줄리엣 혼자 등장

줄리엣 불붙은 발을 가진 망아지들아, 포이부스〔日神〕의 숙소〔西海〕로 빨리 달려가거라! 파도에 돈 같은 마부라면 너희들을 서녘으로 마구 몰아서 당장에 컴컴한 밤을 가져다 줄 것 아니냐. 사랑의 무대인 밤의 어둠아, 빈틈없이 방장을 둘러쳐 다오. 그래야 방랑자의 눈도 가려져 로미오님은 남의 입에도 안 오르고 남의 눈에도 안 띈 채 이 팔 안으로 뛰어들 수 있을 게 아니냐. 애인끼리는 자기네 미모를 등불삼아 사랑의 행사를 볼 수 있다지 않은가. 아니 사랑이 맹목이라면 밤이 안성맞춤이지. 점잖은 밤아, 마님처럼 온통 검은 옷을 수수하게 차려 입은 밤아, 숫처녀와 총각이 씨름하여 이기고도 지는 법을 어서 와서 부디 좀 가르쳐 다오. 그리고 이 볼에 푸드덕거리는 순정의 피를 너의 시꺼먼 외투로 씌워 다오. 그러면 수줍은 사랑도 대담해져서 참된 사랑의 행위를 정말 아무렇지 않게 생각할 것이 아니냐. 어서 와라, 밤아! 로미오님, 밤을 낮같이 비추시는 당신도 어서 와요! 밤의 날개에 올라 타신 당신은 까마귀 등 위에 내린 눈보다 더 흴 테지요. 어서 와라, 정다운 밤아. 어서 와서 우리 로미오님을 갖다 다오. 그리고 그이가 죽으면 네게 줄 테니 받아서 잔 별로 조각을 내줘. 그러면 온 하늘도 참으로 아름답게 빛날 게 아니냐. 그래서 온 세계도 밤에 홀려 저 찬란한 태양을 숭배하지 않게 될 거야. 아, 나는 사랑의 집을 사놓고도 살아 보지 못하고, 팔린 몸이면서도 여태껏 귀염을 받아 보지 못하고 있단 말인가. 오늘은 왜 이렇게 지루할까. 명절날 밤에 새옷을 받아 놓고서도 입어 보지 못하는 어린애처럼 안타깝구나. 어머나, 유모가 돌아오네. (유모가 줄사다리를 들고 등장) 무슨 기별을 가지고 왔을 거야. 로미오님의 이름만을 말하는 입이라도 천사의 웅변이지. 자, 유모, 무슨 소식? 들고 온 건 뭐지? 그이가 들고 가라고 준 사다리?

유 모 응, 응, 그 줄사다리요. (줄사다리를 털썩 내려놓는다)
줄리엣 아이 참, 그런데 왜 그렇게 손을 비비는 거야?
유 모 아! 그이가 죽었어요. 죽었어, 죽었어! 아가씨, 우리는 이제 파멸이오, 파멸. 아, 그이는 세상을 떠났어, 살해당했어, 죽었어!

줄리엣 설마, 하늘이 그렇게도 무정할 수 있을라고?

유 모 하늘은 그럴 수가 없어도, 로미오는 그럴 수가 있지요. 아, 로미오, 로미오, 그렇게 될 줄을 누가 생각이나 했겠어요? 로미오가 글쎄!

줄리엣 망할 유모, 왜 그렇게 날 못 살게 굴어? 그런 잔인한 말은 무서운 지옥에나 가서 떠들어요. 그래, 로미오가 자살을 했어? '응'이라고만 해봐. '응'이라는 그 단 한 마딘 괴룡(怪龍)의 살인안(殺人眼)보다 더 지독할 것이니. 만약 그런 '응'이 있다면 나는 두 번 다시 '응'이란 말은 안 쓸테야. 그야 그이가 눈을 감았다면 유모가 '응' 하겠지. 그이가 죽었다면 '응' 하고, 그렇지 않거든 '아니'라고 그래요. 유모의 말 한 마디로 내 행, 불행이 결정되니까.

유 모 오, 하느님! 나는 상처를 그 남자다운 가슴패기에서 내 눈으로 보았어. 불쌍한 송장, 가엾게도 피 흐르는 송장, 잿빛처럼 파리해지고 온통 피투성이가 되어 전신에 피가 얼어붙고. 난 그걸 보고 기절을 했어요.

줄리엣 아, 이 가슴아, 터져라! 불쌍한 파산자인 가슴아, 당장 터져 버려라! 이 눈은 감옥으로 가고, 다시는 자유를 보지 마라! 진흙 같은 이 육체는 흙으

로 돌아가서 여기선 그만 살고 로미오와 둘이서 하
나의 관(棺)에 철썩 누워라!

유 모 아, 티볼트님. 이 세상에서 제일 친한 내 친구!
아, 얌전하고 착한 티볼트님, 이 늙은이가 이렇게
살아 남아서 당신의 죽음을 다 보다니!

줄리엣 이렇게 별안간 거꾸로 불어 대니, 이게 웬 폭
풍이야? 로미오는 살해당하구 티볼트는 죽고? 나
의 가장 사랑하는 오빠와 그보다 더 사랑하는 남편
이? 그렇다면 무서운 나팔아, 최후의 심판 날을 알
려라. 두 분이 죽고서야 누가 남아서 산다더냐?

유 모 티볼트는 세상을 떠나고, 로미오는 추방당했다
우. 그이를 죽인 로미오는 추방을 당했다우.

줄리엣 어머나! 로미오의 손이 티볼트의 피를 쏟았다고?

유 모 그랬다우, 그랬다우! 아이고, 그랬다우!

줄리엣 아, 꽃 같은 낯에 감춰진 독사의 마음! 용(龍)
이 그렇게도 아름다운 굴 속에 산 예가 있었던가?
어여쁜 폭군, 천사 같은 마귀, 비둘기 깃을 단 까
마귀, 늑대같이 잔인한 양새끼! 모습은 신(神) 같으
면서도 마음은 천한 근성, 마귀 같은 성자, 고결한
불한당! 아, 자연의 조화(造化)야, 마귀의 혼을 세
상의 낙원처럼 아름다운 육체 속에 담아 넣느라고
얼마나 애를 썼니? 그렇게도 더러운 내용의 책이

그렇게도 아름답게 제본된 예도 있었던가? 아, 그
토록 눈부신 대궐 안에 그런 허위가 살 줄이야!

유 모 사내는 신용도 명예심도 없고, 믿을 수도 없다
우. 모두들 거짓말로 맹세하고 또 맹세는 안 지키
고, 죄다 진실하지 않고 사기꾼들이라우. 그런데
내 종은 어디 갔냐? 술을 좀 다오. 이렇게 슬픈 불
행과 설움 때문에 내가 늙는다니까. 로미오란 놈,
빌어먹어라!

줄리엣 그런 악담을 하는 유모의 혓바닥이나 빌어먹으
려무나. 그인 그런 악담을 받을 분이 아니에요. 그
이 이마에 그런 욕설은 부끄러워서 얼씬이나 할 줄
알아. 그이 이마는 명예가 천하에서 으뜸가는 제왕
으로서 군림할 옥좌예요. 아, 사람답지 않게 어쩌
자고 내가 그이를 책망했을까!

유 모 그럼, 아가씬 사촌오빠를 죽인 사람을 칭찬하겠수?

줄리엣 내 남편을 욕할 수가 있어? 아, 불쌍한 이, 세
시간 전에 당신 아내가 된 내가 당신의 명예를 망
쳐 놓았으니, 무슨 말로 그 명예를 회복시킬 수 있
을까요? 그렇지만 나쁜 사람, 무엇 때문에 오빠를
죽였어요? 하지만 안 그랬더라면 나쁜 오빠가 내
남편을 죽였을지도 모르지. 미련한 눈물아, 어서
네 우물로 돌아가라! 슬픔에 쏟아야 할 눈물 방울

아, 잘못 알고 기쁨에 쏟고 있구나. 티볼트가 죽이려던 내 남편은 살고 내 남편을 죽이려던 티볼트는 죽었다. 이건 죄다 기쁨인데, 어쩌자고 내가 운담? 하지만 티볼트의 죽음보다 더 나쁜 한 마디가 나를 죽였지. 그 한 마딘 잊어버렸으면! 그러나 아, 죄진 마음을 흉악한 죄악이 가책하듯, 그 한 마디가 내 기억에 붙어다니는구먼······. '티볼트는 죽고 로미오는 추방', 그 '추방', 그 한 마디 '추방'은 티볼트를 만 명 죽인 것이나 다름없지. 티볼트의 죽음, 그것만으로도 너무한 슬픔이지만, 쓰라린 슬픔이 친구를 좋아해서 다른 슬픔과 꼭 짝을 지어야 하겠다면, "티볼트가 죽었다"고 유모가 말했을 때 아버지나 어머니나, 아니 두 분이 다 죽었다고 왜 말 안했어? 그랬다면 흔해 빠진 통곡만으로 그칠 게 아니야? 그러나 티볼트가 죽었다는 말 끝에 '로미오는 추방!'이라고 했으니 그런 말은 아버지, 어머니, 티볼트, 줄리엣, 모두 칼을 맞아 죽은 거나 한가지지. '로미오는 추방!' 이 한 마디의 무서운 힘엔 밑도 끝도 가도 없고, 무게를 달 수도 없어. 그런 슬픔을 짚어 볼 말이라곤 없지. 그런데 유모, 부모님은 어디에 계셔요?

유 모 티볼트님 시체를 붙들고 울고 계신다우. 저와

같이 가볼까요? 데려다 드릴게요.

줄리엣 부모님은 오빠의 상처 자국을 눈물로 씻어 줄 모양이군? 부모님의 눈물이 마르거든 내 눈물은 로미오님의 추방을 위해서 흘려야지. 그 줄사다리는 치워 줘요. 가엾은 줄사다리야, 너와 나는 속았구나. 로미오님은 귀양가신단다. 그이는 너를 내 침실로 통하는 통로로서 아꼈는데, 이 숫처녀는 처녀 과부로 죽을 수밖에. 이리 온, 줄사다리야. 유모도 이리 와요. 나는 신방으로 가겠어. 그리고 로미오 아닌 죽음에게 숫처녀를 바치겠어!

유 모 아가씨, 어서 방으로 가봐요. 로미오님을 찾아서 아가씰 기쁘게 해드릴게요. 그분 계신 곳을 난 알고 있다우. 이것 봐요, 아가씨의 로미오님은 밤에 여길 오시게 돼요. 난 그분한테 가봐야지. 그분은 로렌스 신부님 암실에 숨어 있어요.

줄리엣 그이를 만나 줘요! 그리고 그리운 그이께 이 반지를 드리고 마지막 작별하러 꼭 오시라고 전해 줘. (두 사람 퇴장)

제 3 장

로렌스 신부의 암실
뒤에 서재가 있다. 신부 등장

신 부 로미오야, 나오너라. 이 겁에 질린 사람아, 재앙이
    네 재간에 반했다고나 할까, 넌 불행과 인연을 맺었
    구나.

로미오가 서재에서 나온다.

로미오 신부님, 무슨 소식이 있습니까? 영주의 선고
    는? 아직 내가 모르는 슬픔이 나와 사귀고 싶어합
    니까?
신 부 애야, 넌 그런 슬픈 벗과 너무도 가까이 지내왔
    어! 영주님의 선고를 알아왔다.
로미오 영주님의 선고는 사형 이하는 아니겠지요?
신 부 그보다 관대한 선고가 영주의 입에서 떨어졌다.
    사형이 아니라 추방이다.
로미오 뭐, 추방? 제발 인자하게 ‘사형’이라고 말씀해
    주세요. 추방은 사형보다도 훨씬 더 무서우니 ‘추
    방’이라곤 하지 말아 주세요.

신 부　이곳 베로나에서의 추방이다. 꾹 참아라. 세상은
넓고도 크리라.

로미오　베로나의 성 바깥엔 세상이 없고, 연옥과 고문
과 바로 지옥이 있을 뿐입니다. 이곳에서의 추방은
세상에서의 추방이고, 세상에서의 추방은 곧 사형
입니다. 그러니 추방은 사형의 미명(美名)이지요.
사형을 추방이라고 하는 것은 금도끼로 이 목을 쳐
서 죽이고, 그 솜씨를 빙그레 웃는 격이지요.

신 부　아, 저런 무서운 죄될 소릴 하다니! 아 저런 흉
악한 망은의 말이 다 있나! 네 죄는 국법으로 마땅
히 사형이지만, 인자하신 영주님은 네 편을 들어
법을 굽히시고 무서운 사형 대신에 추방을 선고하
셨다. 이같이 관대한 자비를 너는 모르는구나.

로미오　그건 고문이지 자비가 아니에요. 줄리엣이 사
는 이곳이 천당이지요. 뭇고양이와 개와 생쥐들과
온갖 하찮은 것들도 이곳 천당에 살면서 줄리엣을
볼 수 있는데, 이 로미오에게는 그것이 허락되지
않습니다. 이 로미오보다는 썩은 살에 날아드는 파
리떼들이 훨씬 더 명예스럽고 사는 보람이 있으며
의젓합니다. 그것들은 줄리엣의 저 하얀 손 위에
앉고, 또 순진한 처녀의 순결한 수줍음으로 위아래
입술이 닿는 것조차 죄스러울 성싶어 항상 빨개져

있는 그녀의 입술에서 영원한 축복을 훔치곤 합니
다. 파리들에게조차 허락되는 행복을 이 로미오는
버리고 도망쳐야 하는군요. 그래도 신부님은 추방
을 사형이 아니라고 하십니까? 이 로미오는 행복을
누리지도 못하고 추방이군요. 파리들도 허락되는
행복인데 나는 추방이군요. 파리들이 오히려 자유
스럽고 나는 추방이군요. 신부님은 배합한 독약도,
날카롭게 벼려낸 칼도, 그밖에 아무리 비겁한 방법
이라도 당장에 죽일 무슨 방법이 없어서, 저를 추
방으로 죽이시는가요? 추방이라니! 오 신부님, 그
런 말은 지옥에 있는 악당의 말투, 그 말엔 아비규
환의 울부짖음이 있습니다. 성직에 몸을 두시고 참
회를 들으시며, 죄를 용서하시는 신부님은, 더구나
세상이 다 아다시피 저의 친구이면서 어쩌자고 '추
방'이라는 말로 이 몸을 토막토막 썰어 놓는가요?
신 부 어리석게, 그 무슨 미친 소리냐? 내 말을 좀 들
　　어 봐라.
로미오 아이고, 또 추방 이야길 하시겠죠.
신 부 그 말을 막아낼 갑옷을 주마. 역경에 달콤한 젖
　　〔乳〕이라 할까. 철학을 주마, 추방당하더라도 네게
　　위로가 될 수 있도록.
로미오 또 추방 이야긴가요. 철학은 벽에나 걸어 두십

시오! 철학이 줄리엣을 만들 수도 있고 도시를 옮겨 놓을 수도 있고, 영주의 선고를 취소할 수도 있다면 모르지만 그렇지 못할 바엔 그게 무슨 소용 있단 말입니까? 이제 더 말씀 마셔요.

신 부　아, 그럼 미치광이는 귀도 없나 보구나.

로미오　물론이죠. 똑똑한 사람들도 눈이 없지 않습니까?

신 부　어디, 네 입장을 함께 이야기해 보자.

로미오　직접 느껴보지 않은 일을 신부님은 말할 자격이 없어요. 신부님도 나처럼 젊고 줄리엣 같은 애인하고 결혼한 지 한 시간 만에 티볼트를 죽이고, 나처럼 사랑에 넋이 없는데다가, 역시 나처럼 추방이 돼보십시오. 그때는 신부님도 말하실 자격이 있고, 머리칼을 쥐어뜯으면서 나처럼 이렇게 땅바닥에 나자빠져서 아직 파놓지도 않은 무덤의 깊이를 재보실 테니까요. (무대 뒤에서 노크 소리)

신 부　일어나라. 누가 문을 두드린다. 로미오야, 어서 숨어라.

로미오　싫습니다. 이 비통한 신음의 한숨이 안개처럼 나를 둘러쳐서 사람 눈에서부터 가려 준다면 모르지만. (또 노크 소리)

신 부　저것 봐. 노크하잖니!—거 누구시오?—자 로미오, 일어나라. 잡히겠다—잠깐 기다리시오!—어서 일어나라니까. (더 크게 노크 소리) 얼른 서재로 피해라—예, 예—아니 이게 무슨 바보 짓이냐?—예, 갑니다! (그래도 노크 소리) 누가 이렇게 심히 문을 두드리시오? 어디서 왔소? 무슨 일로?

유 모 (밖에서) 이야기하겠으니 문을 좀 열어 주세요. 줄리엣 아가씨에게서 온 사람이오.

신 부 그럼, 어서 들어오시오.

　　　　유모 등장

유 모 아 신부님, 아 말씀해 주세요, 신부님. 우리집 아가씨의 서방님이 어디 계신지? 로미오님은 어디 계세요?

신 부 저기 방바닥에서 제 눈물에 취해 있구려.

유 모 아이고, 아가씨와 똑같구먼. 아가씨가 꼭 저 모양인데.

신 부 슬픈 마음의 일치, 가련한 신세들이로군!

유 모 아가씨도 꼭 저렇게 엎드려서 울고불고 야단이라우. 일어나요, 어서! 대장부라면 일어나세요. 줄리엣 아가씨를 위해서 제발 얼른 일어나세요. 어쩌자고 그렇게 엎드려서 끙끙 앓고 있어요!

로미오 (일어나면서) 유모!

유 모 예, 예. 죽으면 세상만사 다 끝장이잖아요?

로미오 줄리엣이라고 하셨지? 그녀는 지금 어떻게 하고 있어요? 그녀의 근친의 피를 흘려서 우리들의 갓 싹튼 행복을 그녀 근친의 피로 더럽혀 놓았으니, 그녀는 나를 상습적인 살인자로 알겠지요? 그녀는 어디서 뭘 하고 있소? 내 비밀의 아내는 우리들의 깨진 사랑을 뭐라고 말하던가요?

유 모 아, 아가씬 아무 말도 없이 울고만 있다우. 침대에 쓰러지는가 하면 벌떡 일어나서 티볼트를 부르고 로미오를 부르짖고 또다시 쓰러져요.

로미오 마치 그놈의 이름이 백발백중의 포구에서 터져 나와서 그이를 죽여 버린 셈이지요. 그 이름을 가진 자의 이 빌어먹을 손목이 그녀의 일가를 죽였으니까요. 아, 말씀해 주세요, 신부님. 내 몸의 어느 망측한 곳에 내 이름자가 들어 있는가요? 어서 말씀해 주세요. 이 밉살스런 집을 당장 부숴 버리겠으니까요. (로미오가 자기 몸을 찌르려 하자, 유모가 단도를 잡아챈다)

신 부 그거 무슨 난폭한 짓이냐! 네가 대장부냐? 외관만은 대장부 같다만 그 눈물은 아녀자의 눈물, 이 미친 짓 또한 분별없는 짐승의 흥분이 아니냐! 남아의 탈에다 당치 않게 아녀자의 속을 하고 있구

나. 인간의 탈을 하고서도 근성은 창피하게도 짐승
이 아니냐! 기가 막혀. 정말이지 네가 그런 인간인
줄은 몰랐다. 너는 티볼트를 죽였지. 그런데 자살
을 하겠다고? 그리고 그런 망측한 짓을 네 몸에 저
질러서 너를 생명으로 아는 네 아내까지도 죽이겠
다고? 어쩌라고 너는 너의 탄생과 하늘과 땅을 저
주하느냐 말이다. 탄생과 하늘과 땅, 이 삼자가 서
로 조화됨으로써 곧 너라는 인간이 존재하게 된 것
인데, 너는 그것들을 당장 팽개치겠단 말이냐? 허
허! 너의 용모와 애정과 이성이 부끄럽다. 구두쇠
처럼 이것들을 죄다 충분히 가지고 있으면서 너의
용모와 애정과 이성을 빛내 줄, 바르게 쓸 곳엔 하
나도 안 쓰는구나. 대장부의 용기에서 어긋나면,
네 훌륭한 용모도 밀납 조형 세공품밖에 안 된다.
네가 맹세한 애정도 그 상대자를 죽이고서야 새빨
간 거짓말. 용모와 애정의 장식이 될 너의 이성도
이 양자의 지도를 그르칠 경우엔 미숙한 병사의 화
약통 속 화약처럼, 제 자신의 무지 탓으로 불이 붙
어 자신의 무기에 분쇄당하는 법. 얘, 정신을 차
려! 금방 네가 죽어도 좋을 듯이 사랑한 줄리엣은
살아 있으니 그나마 다행한 일 아니냐. 티볼트는
너를 죽일 뻔했으나, 오히려 네가 티볼트를 죽였으

니 이것도 네 행복. 사형을 내려야 할 국법도 너를
두둔하여 추방에서 그쳤으니. 이것 역시 네 행복.
축복의 보따리가 네 등 위에 쏟아지고, 행복의 여
신도 성장을 하여 네게 추파를 보내고 있다 할까.
그런데 버릇없는 계집애처럼 심술궂게 너는 네 행
운과 사랑에 대고 암상이냐? 아서라, 삼가라, 그러
다간 비참하게 죽는다. 약속한 대로 어서 애인한테
가서 그녀의 방으로 올라가라. 어서 가서 위로해
줘라. 하지만 성문이 닫힐 때까지 있어선 만투아로
떠날 수 없게 되니 명심해야 한다. 만투아에 가 있
으면 나는 때를 봐서 너희들 결혼을 발표하고 두
집안을 화해시켜 영주님의 용서를 얻어서 너를 부
르겠다. 그때는 네가 비탄 속에서 떠나는 것보다
이백만 배나 더 기쁠 게 아니냐. 유모는 먼저 가서
아가씨께 안부 전하오. 그리고 집안 식구를 다 일
찍 잠자리에 들게 하라고 아가씨께 전하오. 아무튼
식구들은 상심에 잠겨 있으니 곧 잠이 들 테니까.
로미오는 곧 갑니다.

유 모 어머나, 밤새도록 이렇게 좋은 이야기를 듣고
싶네요. 지식은 좋기도 하죠! 서방님, 그럼 오신다
고 아가씨께 전할게요.

로미오 그러시오. 그리고 날 꾸짖을 준비도 하고 계시

　라고 전해 주오.

　　유모가 나가려고 하다가 다시 돌아선다.

유 모　저, 이건 아가씨가 서방님께 전해 드리라는 반
　　지예요. 밤도 퍽 깊어졌으니 어서 서두르세요. (유
　　모 퇴장)
로미오　이제 기분이 아주 가라앉았습니다.
신 부　어서 가봐라, 잘 가라. 그런데 네 입장은 결국
　　이렇다. 성문이 닫히기 전에 물러가든가, 또는 새
　　벽녘에 변장을 하고 떠나든가 해야 한다. 잠시 만
　　투아에 가 있으면 네 종을 찾아 여기서 일어난 좋
　　은 소식을 일일이 기별하마. 밤도 깊어졌다. 그럼
　　잘 가라, 안녕히.
로미오　기쁨보다 더한 기쁨에 불려가니망정이지, 그렇
　　지 않고 이처럼 섭섭히 신부님과 헤어진다면 슬픈
　　일이지요. 그럼, 안녕히.

제 4 장

캐퓰릿의 집
캐퓰릿, 그의 부인, 그리고 패리스 등장

캐퓰릿　뜻밖에 불행한 일이 일어나서 딸애와 이야기해
볼 틈도 없었구려. 아시다시피 딸애는 티볼트를 무
척 사랑했지요. 나도 물론 그랬지요. 하긴 인간은
나서 한 번은 죽게 마련이지요. 이제는 밤도 깊었
으니 딸애가 내려오지 않을 거요. 정말이지 댁이
안 오셨다면 나는 한 시간 전에 벌써 잠이 들어 있
을 것이외다.

패리스　이렇게 불행한 때이고 보니 청혼할 수도 없겠
지요. 그럼 마님, 안녕히 주무십시오. 따님께도 안
부 전해 주십시오.

캐퓰릿 부인　예, 내일 아침 일찍 딸의 마음을 떠보겠
어요. 오늘밤은 온통 슬픔에 파묻혀 있습니다.

패리스가 나가려고 한다. 캐퓰릿이 그를 다시 불러들인다.

캐퓰릿　패리스님, 내 결심했소. 대담하게 딸애의 사랑
을 드리리다. 내 말이라면 딸애는 무엇이고 들어 줄

것이오. 그야 들어 주다뿐이겠소. 정말이오. 여보
마누라, 자러 가기 전에 그애에게 가서 사윗감 패리
스님의 사랑을 알려 주구려. 그리고 이렇게 이야기
하오. 오는 수요일에, 그런데 가만 있자, 오늘이 무
슨 요일이더라?

패리스 월요일이올시다.

캐퓰릿 월요일이라고? 하, 하, 그럼 수요일은 너무 다
급하군. 목요일로 정하지. 개에게 이렇게 얘기하
오. 목요일에 패리스 백작님과 결혼식을 올린다고
말이오. 그럼 백작님 쪽의 준비는 어떠십니까? 이
렇게 서둘러도 괜찮으신지. 너무 법석 떨 필요없이
몇몇 친구만 청하겠소. 글쎄, 티볼트가 죽은 지도
얼마 안 되는데 너무 성대하게 잔치를 하면 친척인
고인을 소홀히 한다는 비난도 있을 것이니까요. 그
러니 친구들은 대여섯 명 정도만 청하겠소. 그런데
댁에선 목요일이 어떠실는지요?

패리스 그 목요일이 내일이기를 바랄 정도입니다.

캐퓰릿 좋소, 그럼 안녕히 가시오. 목요일로 정합시다.
여보 마누라, 당신은 자러 가기 전에 줄리엣한테
가서 결혼날에 대비케 하시오. 그럼 패리스님, 살
펴 가시오. 여봐라, 내 방에 등불을 켜라. 아이고,
벌써 이렇게 밤이 깊었구나. 좀 있으면 날이 새겠

군. 그럼 안녕히.

모두 퇴장

제 5 장

줄리엣의 침실
한쪽에 정원이 내려다보이는 창이 있고, 다른 쪽에는 문이 있다.
로미오와 줄리엣이 창 옆에 서 있다.

줄리엣 벌써 가시려고요? 밝으려면 아직 멀었는데. 당
신 귓속을 무겁게 뚫고 들려오는 저 소리는 종달새
가 아니라 소쩍새였어요. 저 소쩍새는 밤마다 저기
저 석류나무 위에서 노래를 하고 있어요. 여보세
요, 정말 소쩍새였어요.

로미오 아침을 예고하는 종달새였소. 소쩍새가 아니었
소. 저봐, 심술궂은 빛줄기가, 저봐, 저기 동쪽 하
늘에 뭉게구름을 누비고 있잖소. 밤의 촛불〔星〕들
도 다 타고, 즐거운 아침 해는 안개 깊은 산마루에
서 발돋움질하고 있소. 난 여기를 떠나 목숨을 살
리든가, 그냥 머물러 있다가 죽든가 하는 수밖에
없소.

줄리엣 저기 저 빛은 햇빛이 아니라니까요. 제가 더
잘 알고 있어요. 태양이 내던지는 유성인가 본데
오늘밤 당신에겐 횃불잡이가 되어 만투아로 가시는
길을 비춰 줄 거예요. 그러니 좀더 계세요. 떠나실

필요는 없어요.

로미오 그렇다면 난 잡혀도 좋고, 죽어도 좋소. 그것이 당신의 뜻이라면 난 흡족하오. 저기 저 회색빛도 아침의 눈(태양)이 아니라 달님 얼굴의 하얀 반사빛이라고 해두지. 머리 위 높이 창공을 울려 대는 저 소리도 종달새가 아니지요. 사실은 나도 이대로 있고 싶지, 떠나긴 싫소. 자 죽음아, 어서 오라! 그것이 줄리엣의 소원이시란다. 여보, 어떻소? 이야기나 합시다. 밝으려면 아직 멀었소.

줄리엣 밝았어요, 밝았어요! 떠나세요, 어서 어서 떠나세요! 저 종달새 좀 봐, 저렇게 드높이 불쾌하게 곡조도 안 맞는 소리로 지저귀고 있네요. 종달새 노래는 아름답다는데 저 소리는 그렇지가 않고 우리를 떼어만 놓네요. 종달새와 징글맞은 두꺼비는 서로 눈알을 바꾼다지요. 아, 그렇다면 소리마저 바꿔 주었으면! 껴안고 있는 우리를 저 소리가 후닥닥 떼어서 아침 노래로 떠나도록 당신을 재촉하는군요. 자, 어서 떠나세요! 점점 더 밝아와요.

로미오 점점 더 밝아올수록 우리들의 마음은 점점 더 어두워지는구려.

　　　　유모가 허둥지둥 등장

유 모 아가씨!

줄리엣 유모요?

유 모 어머님께서 지금 아가씨 방으로 올라오십니다.
날은 밝았어요. 잘 살피고 경계하세요. (유모 퇴장.
줄리엣이 문에 빗장을 건다)

줄리엣 그럼 창문아, 빛을 넣어 주고 생명을 내가렴.

로미오 안녕히. 한 번 더 키스하고 내려가겠소. (로미
오, 줄사다리를 타고 내려간다)

줄리엣 여보세요? 그리운 서방님, 그렇게 떠나 버리시
겠어요? 날마다 시간 시간 꼭 편지 주셔야 해요,
일각이 여삼추니까요. 어머나, 그렇게 햇수를 헤아
리다간 요다음 뵐 때까진 난 무척 늙어 있겠네요.

로미오 (정원에서) 안녕히! 여보, 기회만 있으면 반드시
소식 전하겠소.

줄리엣 하지만 우리가 다시 또 만날 수 있을 것 같아요?

로미오 그야 만날 수 있겠지. 그리고 지금의 슬픔은 이
다음 만나면 죄다 달콤한 이야깃거리가 될 거요.

줄리엣 아, 왜 이렇게 마음이 설렐까! 아래 계신 당신
이 무덤 속 시체같이만 보이네요. 제 시력이 약해
서 그런지, 당신 안색이 창백해서 그런지.

로미오 여보, 정말 내 눈에도 당신이 그렇게만 보이는
구려. 목마른 슬픔이 우리들의 피를 빨아마시는구

려. 그럼 안녕히! (로미오 퇴장)

줄리엣 아, 운명의 여신아! 너는 변덕이 심하다지만, 그렇기로서니 성실하기로 이름난 그이하고 네가 무슨 관계가 있단 말이냐? 설사 변덕을 부릴 테면 부려 보렴. 그렇다면 그이를 오래 붙들어 놓지 않고 곧 돌려보내 줄 것 아니냐?

케퓰릿 부인 (문 밖에서) 얘, 아가, 일어났니?

줄리엣 (줄사다리를 끌어올려서 감춘다) 누가 부를까? 어머닌가 보다. 아직도 안 주무셨나, 아니면 벌써 일어나셨을까? 무슨 심상찮은 일로 이렇게 찾아오신 걸까? (줄리엣이 문을 연다)

캐퓰릿 부인 등장

캐퓰릿 부인 아가, 이제 좀 어떠니?

줄리엣 기분이 좀 언짢아요.

캐퓰릿 부인 언제까지나 오빠의 죽음으로 울고만 있을 거냐? 대체 넌 그 눈물로 무덤 속의 오빠를 떠나 보내자는 거냐? 설사 떠나 보내더라도 다시 살릴 순 없잖니. 이제 그만 울어라. 적당히 슬퍼하는 것은 깊은 애정의 표시라고 하겠지만, 지나치게 슬퍼하는 것은 분별이 부족한 증거다.

줄리엣 그래도 실컷 울어 보고 싶어요. 이번 슬픔은
　　　다르잖아요.

캐퓰릿 부인 그럴 거다. 그렇지만 운다고 오빠가 살아
　　　나는 것도 아니잖니.

줄리엣 너무나 슬프니까 그 때문에 울 수밖에요.

캐퓰릿 부인 아가, 너는 오빠의 죽음이 슬퍼서라기보
　　　다 오빠를 죽인 불량배 놈이 살아 있는 게 분해서
　　　우는 거지?

줄리엣 불량배라니 누구, 엄마?

캐퓰릿 부인 그 불량배놈, 로미오 말이다.

줄리엣 (방백) 불량배와 로미오는 천지차이지. (크게)
　　　하느님, 그이를 용서해 주세요. 저도 진정으로 용
　　　서하고 있어요. 하지만 그이만큼 내 마음을 슬프게
　　　해주는 사람은 없어요.

캐퓰릿 부인 그 배신자, 살인자가 버젓이 살아 있기
　　　때문이다.

줄리엣 응 엄마, 그이가 이 손이 안 닿는 곳에 살아 있
　　　기 때문이에요. 오빠의 죽음을 나 혼자만이 복수해
　　　보았으면 좋겠어요!

캐퓰릿 부인 염려 마라, 원수는 기어이 갚고야 말 테
　　　니까. 이제 그만 울어라. 귀양간 그 거지놈이 살고
　　　있는 만투아에 누구 사람을 보내서 무슨 독약을 그

놈에게 먹여 곧장 티볼트를 따라 황천길로 보내야
겠다. 그렇게 하면 너도 흡족할 것 아니냐.

줄리엣 그이를 볼 때까지는, 그이가 죽는 것을 볼 때
까지는 저는 흡족하지 않을 거예요. 가엾게도 제
가슴은 사촌오빠 때문에 무척 괴로워요. 엄마, 누
구 독약을 가져갈 사람만 구해 주시면 로미오가 그
걸 마시자마자 곧 잠들어 버릴 독약을 제가 조제하
겠어요. 아, 분해라. 그 이름을 들으면서도 곁에
가서 그 살인자한테 오빠에 대한 분풀이를 한껏 해
주지 못하다니!

케퓰릿 부인 조제는 네가 하렴, 가져갈 사람은 내가 찾
을게. 아가, 그럼 이제 기쁜 소식을 말해 주겠다.

줄리엣 어머나, 이렇게 슬플 때에 기쁜 소식이라니, 무
슨 기쁜 소식? 엄마, 얼른 말해 주세요.

캐퓰릿 부인 글쎄 아가, 네 아버지는 좋은 아버지시구
나. 네 슬픔을 덜어 주고자 아버님은 너나 나나 뜻
밖에도 깜짝 놀랄 기쁜 날을 별안간 택하셨단다.

줄리엣 아이 좋아, 엄마! 그건 무슨 날?

캐퓰릿 부인 실은 다음 목요일 아침 일찍 저 늠름하고
점잖은 청년 패리스 백작님이 성 피터 교회에서 너
를 행복한 신부로 맞기로 되었다.

줄리엣 성 피터 교회와 성 피터에 두고 단언하지만,

저는 그분과 결혼하지 않겠어요. 왜 그렇게 서두르실까요? 남편될 사람이 구애를 해오기도 전에 결혼을 해야 하나요. 엄마, 제발 아버님께 여쭈세요. 전 아직 결혼하지 않겠어요. 정 하게 된다면 패리스보다 차라리 엄마도 아시다시피 제가 미워하는 로미오와 결혼하겠어요. 그런 걸 다 기쁜 소식이라구요?

캐퓰릿 부인 마침 아버님이 오신다. 네가 직접 여쭙고, 네 말을 아버님이 어떻게 생각하시는지 들어 보려무나.

　　　　캐퓰릿과 유모 등장

캐퓰릿 해가 떨어지면 하늘에서 이슬이 내리게 마련이지만 조카의 목숨이 떨어지더니 마구 비가 쏟아지는군. 그래, 네가 분수탑이란 말이냐? 여태까지 울고만 있니? 그칠 줄 모르는 소나기란 말이냐? 그 작은 몸에 넌 배와 바다와 바람을 겸했단 말이지. 네 눈은 바다라고나 할까. 항상 눈물이 썰물과 밀물 같구나. 배라는 네 몸뚱이는 이 짜디짠 눈물의 밀물 속에서 항해를 하고 있구나. 그리고 한숨은 바람이랄까, 바람은 눈물로 맹위를 떨치고 눈물은

바람으로 뒤끓고 있으니, 당장에 바람이 자지 않는
한 폭풍에 시달리는 네 몸뚱이는 뒤집혀지고 말겠
다. 여보 마누라, 내 결정을 이야기했겠지.

캐퓰릿 부인 이야기하고말고요. 그러나 고맙기는 해도
싫다나요. 바보 같으니, 차라리 무덤하고나 부부가
되려무나.

캐퓰릿 가만 있자. 여보, 좀더 알아듣게 말해 봐, 알아
듣게. 뭐, 싫다고? 고맙지 않다고? 명예가 아니라
고? 변변찮은 딸이지만, 아비가 애써서 훌륭한 사
람을 신랑으로 마련해 줘도 행복하게 생각지 않는
단 말이지?

줄리엣 아버님의 수고를 명예로는 안 삼아도 고맙게는
생각해요. 싫은 것을 명예로 삼을 순 없지만, 싫어
도 호의니까 고맙겐 생각해요.

캐퓰릿 저런, 저런, 저런, 저러언. 저 궤변 좀 보겠나!
그게 뭐지? '명예'라느니, '고맙다'느니, '고맙지 않
다'느니, '명예가 아니라'느니. 요 건방진 것 같으니,
고맙고 뭐고, 명예고 뭐고, 어서 그 미끈한 팔다리
를 갖추어 가지고, 오는 목요일에 성 피터 교회에서
패리스와 결혼하러 갈 준비나 해. 정 싫다면 들것에
싣고 끌고라도 갈 테다. 꺼져, 이 싯누런 송장 같은
것아! 꺼져버려, 이 무지렁이 같은 것아! 이 파리한

낯짝 같으니!

캐퓰릿 부인 어머나, 여보, 당신 미쳤어요?

줄리엣 (무릎을 꿇고) 아버님, 이렇게 무릎을 꿇고 빌겠어요. 부디 참으시고 제 말을 한 마디만 들어 주세요.

캐퓰릿 목이나 매 죽어 버려! 버릇없는 것, 막된 딸년 같으니! 분명히 말해 두지만 목요일에 교회로 가든가, 싫다면 다신 아비 앞에 나타나지 마라. 변명이나 대답, 대꾸는 소용없다! 손끝이 근질근질하구먼. 여보 마누라, 하느님께서 이 딸년 하나만을 주신 것을 우리는 복인 줄도 모를 뻔했구려. 그러나 이제 보니 하나도 너무 많아요. 이따위 한심스런 딸년을 갖다니. 꼴도 보기 싫다, 못된 것 같으니!

유 모 아가씨가 가엾어요, 영감님, 아가씰 그렇게 꾸짖지 마세요.

캐퓰릿 이건 뭐야, 재주꾼 마님? 잘난 체 말고 썩 닥치지 못해! 유모는 가서 수다쟁이들하고나 지껄여요!

유 모 해될 말을 했나요?

캐퓰릿 아, 저리 가요!

유 모 입 가지고 말도 못하나요?

캐퓰릿 듣기 싫어! 누구 앞에서 주둥일 놀리는 거야, 바보 같으니! 그런 소릴랑은 수다쟁이들한테 가서 술이나 홀짝이면서 지껄여요. 여기선 소용없으니까.

캐퓰릿 부인 당신은 너무 화를 내고 계세요.

캐퓰릿 원, 사람 미치겠네. 밤낮 자나깨나, 혼자서나 사람들 속에 끼여서나, 늘 딸년의 혼인만을 걱정해 왔것다. 그런데 이제 가문 좋고, 재산 있고, 교양 있고, 또 사람들 말마따나 지덕을 겸비하고 나무랄 데 없이 만사가 구비된 청년을 신랑으로 골라 주니까, 바보 같은 것이 분에 넘치는 복인 줄도 모르고 찔찔 울면서 결혼이 싫다는 둥, 사랑할 수 없다는 둥, 너무 어리다는 둥, 용서해 달라는 둥, 대꾸한단 말이야. 그래 영 결혼하기 싫다면 용서는 해주겠다. 그러나 네 맘대로 나가서 살아라. 이 집에서 같이 살 수는 없다. 알겠어? 잘 생각해 봐, 농담이 아니니까. 목요일은 금방이다. 알겠어? 가슴에 손을 얹고 곰곰 생각해 봐. 네가 내 자식이 아니라면 나가서 목을 매든 빌어먹다 죽든 맘대로 해. 정말이지 나도 너를 자식으론 안 볼 것이고 재산도 단돈 한 푼 물려주지 않을 테다. 진담이니까 잘 생각해 봐. 실없는 소릴 하는 내가 아니니까. (캐퓰릿 퇴장)

줄리엣 이 슬픈 맘속을 들여다봐 주시는 자비의 신은 저 구름 속에도 안 계시나요? 아, 너그러운 어머님, 절 버리지 마세요. 이 결혼을 한 달만이라도, 한 주일만이라도 미루어 주세요. 그것도 안 되겠다

면 제 신방을 티볼트가 자고 있는 저 컴컴한 무덤
속에 마련해 주세요.

캐퓰릿 부인 듣기 싫다, 너와 말하고 싶지 않아. 네 맘
대로 하려무나. 너하곤 이제 애긴 다 끝났으니까.
(캐퓰릿 부인 퇴장)

줄리엣 아, 하느님……! 아 유모, 이 일을 어떻게 막
지? 내 남편은 이 세상에 살아 있고 맹세는 하늘에
가 있어요. 그 남편이 세상을 떠나 하늘로 가서 도
로 보내주지 않는 한, 그 맹세가 어떻게 이 세상으
로 되돌아올 수 있겠어? 나를 도와줘요. 좋은 꾀를
좀 내줘요. 아아, 하느님도 무정하셔라, 이렇게 연
약한 사람을 함정에 빠뜨려 놓으시다니! 이봐요 유
모, 무슨 기쁜 말은 없어요? 위안이 될 만한 말 좀
해줘요.

유 모 그렇구면 참. 로미오는 추방됐으니 하늘이 무너
져도 다시 아가씰 찾으러 오진 못할 것 아녜요. 설
사 온다고 하더라도 남몰래 올 수밖에요. 그러니까
사정이 그렇다면, 역시 아가씬 백작님과 결혼하는
게 제일 좋을 거야. 아이고, 그 어른 참 잘생긴 양
반이더군! 그분과 비교하면 로미오 같은 것은 걸레
조각밖에 안 되지. 이봐요, 백작님의 눈처럼 푸르
고 빛나고 싱싱하기론 독수리 눈도 어림없어요. 정

말 이 두번째 결혼은 행복할 거야, 첫번째보다 뛰어나니까요. 설사 안 그렇더라도 첫남편은 죽은 것 아니우? 살아 있어도 아가씨껜 아무 소용 없으니 죽은 것과 한가지지요.

줄리엣 유모, 진심에서 하는 소리요?

유 모 진심이고말고요. 진심에서가 아니라면 내 마음과 혼에 벼락이 떨어지게요?

줄리엣 아멘!

유 모 네?

줄리엣 아냐, 유모는 정말 좋은 말을 해줬어. 저, 나는 아버님의 노여움을 샀으니까, 이제 로렌스 신부님의 암실로 가서 참회를 하고 죄를 용서받으러 나갔다고 어머님께 가서 여쭤요.

유 모 예, 그럴게요. 잘 생각하셨어요. (유모 퇴장)

줄리엣 망할 할멈! 아, 망측한 마귀 같은 것! 그렇게 하여 나로 하여금 맹세를 깨뜨리게 하려고 하다니. 수천 번이나 무던히도 칭찬하던 바로 그 혀로 내 남편을 욕하다니. 이것 둘 중 어느 쪽이 더 죄스러운 짓일까? 가버려! 여태까진 유모를 믿어 왔지만, 이제부턴 유모와 내 가슴은 남이야. 신부님을 찾아가서 처방을 알아보자. 따로 길이 없더라도 자살할 힘만은 가지고 있지 않은가. (줄리엣 퇴장)

제 4 막

제 1 장

로렌스 신부의 암실.
로렌스 신부와 패리스 백작 등장.

신 부 목요일이라고 하셨지요? 시일이 매우 촉박하군요?

패리스 캐퓰릿 장인님이 그렇게 서두르시는군요. 나로
서도 그걸 뒤로 미룰 만한 이유가 있는 것도 아니고
해서.

신 부 아가씨의 마음은 알 수 없다고 하셨지요? 일이
심상치가 않은데요. 걱정이 되는구려.

패리스 티볼트의 죽음을 너무도 슬퍼하고 있어서 사랑
의 이야기는 별로 못해 봤습니다. 베누스 여신조차
도 눈물의 가정에선 웃질 않는다고 하지 않습니까.
아버지는 딸이 그렇게까지 슬픔에 잠겨 있는 것이
위험하다고 보고, 또한 딸의 홍수 같은 눈물을 막
자는 뜻도 있어, 현명하게도 우리들의 결혼을 서두
르신 거죠. 눈물이란 혼자 너무 생각만 하고 있으
면 한이 없지만, 동무라도 생기면 거둬질 게 아닙
니까. 이제 이렇게 서두르는 까닭을 아시겠지요?

신 부 (방백) 하지만 그것을 미루어야 할 까닭을 나는

알고 있지 않은가. (큰 소리로) 아, 마침 아가씨가
이 암실로 오는구려.

줄리엣 등장

패리스 이거 좋은 데서 내 아내를 잘 만났군요!

줄리엣 혹시 제가 당신 아내가 될 때나 그렇게 부르세
    요.

패리스 그 '혹시'가 오는 목요일엔 반드시 실현되오.

줄리엣 반드시 실현된다고 하시니까 실현되겠지요.

신 부 그거 명답인데?

패리스 신부님께 참회를 하러 오셨지요?

줄리엣 그 말에 대답하면 당신께 참회하는 게 되게요.

패리스 나를 사랑하고 있다는 사실을 신부님께는 숨기
    지 마시오.

줄리엣 당신에게 고백하지만 저는 신부님을 사랑하고
    있어요.

패리스 그럼 나를 사랑하고 있다는 것도 고백하시오.

줄리엣 고백을 하더라도, 면전에서 하는 것보다는 당
    신 몰래 하는 편이 더욱 값질 거예요.

패리스 가엾게도 당신 얼굴은 눈물로 온통 더럽혀져
    있구려.

줄리엣 그렇더라도 눈물에게는 그리 자랑거리가 되지
      못해요. 눈물의 해를 입기 전에도 어지간히 못생긴
      낯짝이었으니까요.

패리스 그건 눈물 이상으로 얼굴을 모욕하는 말씀입니다.

줄리엣 모욕이 아니라 사실이 그래요. 그리고 보시다
      시피 그 말을 나는 내 얼굴에 대고 했어요.

패리스 당신 얼굴은 내 것이오. 그런데 그 얼굴을 모
      욕했소.

줄리엣 하긴 그럴지도 모르죠, 이 얼굴은 내 것이 아
      니니까요. 신부님, 지금 틈이 있으세요? 없으시다
      면 저녁 미사 때에 찾아뵐까요?

신 부 가엾구나, 아가. 지금 마침 한가하다. 백작님,
      우리는 좀 실례해야겠소.

패리스 저는 물론 신부님의 근행(勤行)을 방해하지 않
      겠습니다. 줄리엣, 목요일엔 아침 일찍 깨우러 가
      리다. 그럼 그때까지 안녕히. 그리고 이 성스러운
      키스를 잊지 말아 주오. (패리스 키스하고 퇴장)

줄리엣 아, 문을 닫아 주세요. 닫으시거든 이리 와서
      저와 함께 울어 주세요. 이제는 희망도, 수단도,
      방법도 없어요.

신 부 줄리엣, 네 슬픔은 나도 알고 있다만, 내 지혜론
      어쩔 도리가 없구나. 오는 목요일엔 백작과 결혼해

야 하고 연기할 방도는 없다는 거지.

줄리엣 신부님, 그 일을 막아낼 방법을 못 가르쳐 주시겠다면 제발 이 이야기를 들었다곤 말씀하지 마세요. 신부님의 지혜를 가지고도 어쩔 수 없다면, 제 결심을 장하다고나 말씀해 주세요. 이 비수로 당장에 해결을 짓겠어요. 하느님은 제 마음과 로미오의 마음을 맺어 주시고 신부님은 저희들 손을 맺어 주셨어요. 신부님에 의하여 그이께 바친 이 손이 딴 짓에 보증 역할을 하거나 또는 제 순정이 딴 마음을 먹고 곁눈을 팔거나 하느니보다, 차라리 이 비수로 손과 마음을 둘 다 없애 버리겠어요. 그러니 긴 인생의 경험에서, 어서 무슨 방법을 말씀해 주세요. 말씀을 안하시겠다면, 보세요, 신부님의 연공(年功)을 가지고도 정당한 해결이 안 되는 저의 어려운 문제를 이 잔인한 비수로 결정 짓겠어요. 어서 말씀해 주세요. 신부님의 말씀도 소용없다면 차라리 자살하겠어요.

신 부 가만 있자, 아가. 일루의 희망도 없는 것은 아니다. 하지만 우리가 막아낼 일이 필사적인 만큼, 그 실행에도 필사적인 결심이 필요하다. 패리스 백작과 결혼하느니보다 자살이라도 하겠다는 결심이라면, 이번 치욕을 면하기 위해선 죽음과 비슷한 결심도 해보겠지? 죽음하고 맞부딪쳐서라도 치욕을 면하자는 너니까. 그러니 네가 그만한 용기만 가졌다면 그 방법을 말해 주겠다.

줄리엣 아, 패리스와 결혼하느니 차라리 저보고 어떤 성벽 위에서 뛰어내리라든지, 도둑의 소굴로 가보라든지, 뱀들 속에 숨으라든지 하라고 하세요. 또는 으르렁거리는 곰한테 절 매어 두든지, 덜거덕거리는 송장 뼈며 악취가 코를 찌르는 정강이며 턱이 떨어진 노릿한 해골들이 잔뜩 쌓여 있는 납골당 속에 밤마다 절 가둬 놓으세요. 또는 저보고 갓 묻은 무덤 속에 들어가서 수의에 감긴 송장과 함께 누워 있으라고 하셔요. 전에는 이야기만 들어도 벌벌 떨었지만, 이제는 그리운 남편께 절개를 지키기 위해서 어떤 불안이나 무서움도 없이 치러내겠어요.

신 부 가만 있자, 그럼 돌아가서 기쁜 낯으로 패리스와 결혼하겠다고 말해라. 내일은 수요일, 내일 밤은 혼자 자고 유모와 같이 자지 않아야 한다. 이 약병을 들고 가서 잠자리에 들거든 약물을 따라 마셔라. 마시자마자 싸늘한 졸음이 혈관 전체에 퍼져서 평소 뛰던 맥은 멈추고, 체온과 호흡을 봐도 산 사람 같지 않을 것이고, 장밋빛 입술과 볼은 시들어서 허연 잿빛이 되고, 죽음이 생명의 빛을 받아

버리듯이 두 눈의 창문도 닫혀지며, 수족은 생기를 잃어 굳고 차디찬 시체처럼 될 것이다. 너는 그렇게 위축된 가사 상태를 마흔 두 시간 겪은 다음, 상쾌한 잠에서 깨어나듯 눈을 뜨게 될 거다. 그건 그렇고, 아침에 신랑이 깨우러 올 때는 넌 죽어 있을 거다. 그래서 이 나라 관습대로 가장 좋은 옷을 입혀 관에는 뚜껑도 하지 않은 채 캐퓰릿 조상들이 묻혀 있는 저 선산으로 떠메어 갈 거다. 한편 나는 네가 깨어날 시간에 대비하여 로미오에게 편지로 우리 계획을 알려서 이곳으로 오게 하여 나와 둘이서 네가 깨어남을 지키고 있다가, 그 밤에 당장 너를 로미오와 같이 만투아로 떠나게 하겠다. 그렇게 하면 너는 이번의 치욕을 모면할 수 있을 거다. 하지만 변덕이나 여자의 불안 때문에 막판에 이르러서 용기를 잃어선 안 된다.

줄리엣 그 약을 어서 주세요, 어서 주세요! 신부님, 아, 여자의 불안 같은 건 말씀하지 마세요!

신 부 좋다, 그럼 가봐라. 결심을 단단히 하고 잘 해봐. 나는 신부 한 사람을 급히 만투아로 보내서 네 남편에게 편지를 전하게 하겠다.

줄리엣 사랑아, 내게 기운을 다오! 기운이면 해결될 일 아니냐. 그럼 신부님, 안녕히. (두 사람 퇴장)

제 2 장

캐퓰릿의 집
캐퓰릿, 캐퓰릿 부인, 유모, 하인 두세 명 등장

캐퓰릿 (종이쪽지를 주면서) 여기 적혀 있는 대로 손님들에게 초대장을 돌려라. (하인이 그 쪽지를 받아들고 퇴장) 여봐라, 너는 가서 일류 조리사를 스무 명쯤 불러오너라!

하 인 엉터리는 한 놈도 안 불러오겠습니다. 자기의 손가락을 빨 줄이나 아는지 보면 알 수 있으니까요.

캐퓰릿 하지만 그걸로 어떻게 알 수 있단 말이냐?

하 인 그야 자기 손가락도 못 빠는 놈은 엉터리 조리사입죠. 그러니까 손가락도 못 빠는 놈은 불러오지 않으렵니다.

캐퓰릿 그럼, 어서 가봐. (하인 퇴장) 이번엔 준비가 충분치 못하겠는걸. 그런데 딸년은 로렌스 신부님한테 갔나?

유 모 예.

캐퓰릿 음, 그분이 잘 지도해 줄지도 모르지. 고집쟁이 딸년 같으니.

줄리엣 등장

유 모 저것 보세요, 아가씨가 참회를 하고 즐거운 얼
   굴로 돌아오네요.

캐퓰릿 어쩐 일이냐, 고집쟁이야? 어딜 헤매다 오는
   거냐?

줄리엣 아버님 명령에 거역한 불효죄를 뉘우치고 이렇
   게 엎드려서 용서를 빌 것을 신부님께 분부받고 왔
   어요. (무릎을 꿇는다) 부디 용서하세요! 앞으로는
   분부를 따르겠어요.

캐퓰릿 백작께 사람을 보내서 알려 드려라. 내일 아침
   에라도 식을 올려야겠다.

줄리엣 그 도련님은 신부님 암실에서 뵈었어요. 그래
   서 처녀로서 지나치지 않을 정도로 적당히 애정을
   보내 드렸어요.

캐퓰릿 거 잘했다, 잘했어. 일어서라. 도리가 그래야
   지. 백작을 곧 만나봐야겠다. 여봐라, 얼른 가서 백
   작님을 모시고 오너라! 정말이지, 우리 온 시내 사
   람들은 이 거룩한 신부님 덕을 무척 보고 있거든.

줄리엣 유모, 내 방으로 같이 가서 내일 꼭 맞을 옷을
   골라 주겠어요?

캐퓰릿 부인 아니, 목요일까지면 되잖아. 시일은 넉넉

하다.

캐퓰릿 아냐, 유모, 어서 같이 가봐요. 내일은 교회에
가야 하니까. (유모와 줄리엣 퇴장)

캐퓰릿 부인 준비가 부족하잖을까요, 벌써 날이 저물었
는데.

캐퓰릿 원, 두고봐요. 내가 뛰어다니면 다 잘될 테니
까. 여보, 당신은 줄리엣한테 가서 옷서껀 좀 거들
어 주구려. 오늘밤은 자지 말아야지. 나를 상관 마
오, 이번만은 내가 주부 노릇을 할 테니까. 여봐
라! 아니, 다들 밖에 나갔나? 그럼 내가 직접 백작
한테 가서 내일의 준비를 시켜야겠군. 고집쟁이 딸
이 이렇게 회개를 하고 보니 참 기분이 좋구나.

제 3 장

줄리엣의 방
안쪽에 놓인 침대는 커튼으로 가려져 있다. 줄리엣과 유모 등장

줄리엣 응, 그 옷이 가장 좋아요. 하지만 유모, 오늘밤은 부디 나 혼자 있게 해줘요. 아다시피 비꼬인 성미에 죄많은 이 몸이니, 하느님의 용서를 받으려면 여러 가지 기도를 올려야잖아요.

캐퓰릿 부인 등장

캐퓰릿 부인 그래 바쁘니? 좀 거들어 줄까?

줄리엣 아냐, 엄마, 내일 식에 필요한 물건들은 죄다 골라 놨어요. 그러니 이젠 부디 절 혼자 놔두시고, 오늘밤 유모는 엄마가 데리고 계셔요. 일이 원체 갑작스러워서 엄마는 무척 바쁘실 거니까요.

캐퓰릿 부인 그럼, 잘 자거라. 자리에 누워서 포근히 쉬어라. 잘 쉬어야 하니까. (캐퓰릿 부인과 유모 퇴장)

줄리엣 안녕히! 언제나 또 만날는지. 싸늘한 불안이 오싹오싹 혈관 속을 돌고, 마치 생명의 열도 얼어붙는 것만 같구나. 엄마랑 다시 불러서 위로나 받

아 볼까. 유모!…… 아니, 유모 따위가 지금 무슨
소용이람? 이 무서운 장면은 나 혼자 당해 내야지.
자, 약병아! 하지만 이 약이 안 들으면 어떡하나?
그때는 내일 아침 결혼을 해야 하나? 아냐, 아냐!
그건 이 비수가 막아 주지. 비수야, 거기 있거라.
(비수를 꺼내서 아래에 놓는다) 하지만 이게 독약이면
어떡하지? 글쎄 신부님이 날 먼저 로미오와 결혼
시켰으니 이번 결혼으로 욕을 면하려고 날 죽일 셈
으로 간사하게 조제한 독약이나 아닐까? 걱정이
되는구나. 하지만 설마 그럴 리야. 오늘날까지 성
자로 이름난 신부님이신데. 그리고 내가 무덤 속에
누워 있다가 로미오님이 날 구하러 오기 전에 눈을
뜨면 어떡하지? 아이, 무서워! 무덤의 더러운 입구
엔 맑은 공기도 안 통한다던데 그 무덤 속에서 숨
이 막히고, 그이가 오기 전에 질식해 죽지나 않을
까? 혹은 내가 살아 있다고 하더라도, 죽음과 밤중
의 무서운 공상에다 장소마저 무서운 곳이고……
아무튼 수백 년 동안 조상들의 뼈가 가득 차 있는
납골당 속이라 놔서, 게다가 피투성일 한 티볼트는
갓 묻혀 수의에 감겨 썩고 있고, 또한 밤에는 종종
귀신들이 나온다는 말도 있는데. 아아, 내가 눈을
너무 일찍 뜨면……. 저 악취, 아아, 땅에서 뽑힐

때에 그 소리만 들어도 사람이 미친다는 광인초(狂人草)의 외침 같은 비명 때문에……. 글쎄, 눈을 뜨면 온통 그런 공포 속에 싸인 나는 결국 미쳐 버리지나 않을까? 그러곤 광란한 나머지 조상들의 뼈를 가지고 놀며, 칼 맞은 티볼트의 수의를 벗기고 결국엔 광란중에 누구 먼 조상의 뼈를 몽둥이 삼아 절망한 내 머리를 내 손으로 쳐서 부수지나 않을까? 어머나, 저봐! 로미오 칼끝에 찔린 티볼트의 망령이 로미오를 찾고 있나 보네. 아서 티볼트, 아서! 로미오님, 저도 같이 갈게요! 이건 당신께 축배. (줄리엣 약물을 따라 마시고, 커튼에 가려진 침대 위에 쓰러진다)

제 4 장

캐퓰릿 집의 거실
캐퓰릿 부인과 유모, 향료와 식품을 들고 등장

캐퓰릿 부인 여보게 유모, 이 열쇠를 들고 가서 양념
서껀 더 가져오게.

유 모 광에선 대추니 은행들을 더 가져오라는데요.

캐퓰릿 등장

캐퓰릿 자, 어서 해, 어서! 두번째 닭도 울었고, 새벽
종도 쳤어. 세 시야. 이봐, 앤젤리커, 군만두 좀 잘
봐요, 비용은 아끼지 말고.

유 모 영감님은 참견 마시고 주무세요. 이렇게 밤샘하
시면 참말로 내일은 병이 나시겠네요.

캐퓰릿 천만에. 이래뵈도 전에 대단찮은 일에도 밤샘
쯤은 해봤지. 그래도 아무 지장이 없었어.

캐퓰릿 부인 그러믄요. 당신도 한창때는 계집 뒤꽁무
니깨나 쫓아다녔지요. 하지만 이제 그런 밤샘은 내
가 감시할걸요. (부인, 유모와 함께 퇴장)

캐퓰릿 원, 이 샘바리 좀 보게나! (하인 서너 명이 꼬챙이

·장작·바구니 등을 들고 등장) 여봐, 그건 뭐냐?

하인1   조리사가 쓸 물건들인데 뭔지 모르겠는뎁쇼.

캐퓰릿   어서 해, 어서! (하인1 퇴장) 여봐, 더 잘 마른 장작을 가져와. 피터를 불러. 장작 있는 덴 그놈이 아니까.

하인2   저도 머리가 있으니까 장작쯤은 찾아낼 수 있습니다. 뭐 이까짓 일에 피터에게까지 수고를 끼칠 건 없습죠.

캐퓰릿   하긴 그래. 허, 망할 녀석! 요 통나무 머리 같은 녀석 좀 보게나. (하인2 퇴장) 허, 벌써 날이 밝았군. 이제 금방 백작이 악대를 데리고 오겠군, 그러겠다고 말했으니까. (음악소리가 난다) 아니, 벌써 온 모양인데. 유모! 여보, 마누라! 글쎄, 원 유모! (유모 등장) 어서 가서 줄리엣을 깨우고 옷을 갈아입혀요. 나는 가서 백작을 상대하여 맞아들이지. 어서 해, 어서! 신랑은 벌써 와 있어. 어서 하라니까, 글쎄.

제 5 장

줄리엣의 침실
침대 위에는 커튼이 둘러쳐져 있다. 유모 등장

유 모 아가씨! 저 줄리엣 아가씨! 원 아가씬 잠에 취해 있나 봐. 글쎄 원, 염소 아가씨! 쳇, 요 잠꾸러기 좀 봐! 아이 아가씨, 예쁜이, 새색시, 날 좀 보라니까. 글쎄! 원, 아무 말도 없담? 이제 한푼어치라도 더 자두자는 게로군! 한 주일 몫이라도 자두구려, 내일 밤엔 패리스 양반이 단단히 결심하고 아가씰 못 자게 구실 테니. 미안하구먼! 그건 그렇고, 참 잘도 자네! 하지만 깨워야겠어. 아가씨, 이 봐요, 아가씨! 옳지, 백작님을 불러들여서 침대에서 껴안게 할까 보다. 그러면 깜짝 놀라 일어날 게 아냐? 안 그래? (침대의 커튼을 젖힌다) 어머나, 새옷을 입은 채 다시 누웠나 봐? 깨워야지. 아가씨, 이봐요, 아가씨! (흔들어 깨운다) 아이쿠! 사람 살려요, 사람 살려요! 아가씨가 죽었어요. 아이쿠, 이런 슬픈 일을 당하다니! 정신 깨는 술 좀 빨리! 영감님! 마나님!

캐퓰릿 부인 등장

캐퓰릿 부인 왜 그렇게 소란이지?
유 모 아, 슬퍼라!
캐퓰릿 부인 웬일이야?
유 모 보세요, 보세요! 아, 비참해라!
캐퓰릿 부인 아이구머니나, 생명과도 같은 내 딸이! 소
　　생해서 눈을 떠다오, 안 뜨면 나도 같이 죽을 테다!
　　사람 살려요, 사람 살려요! 어서 사람을 불러요!

캐퓰릿 등장

캐퓰릿 원, 창피도 유만부동이지, 어서 줄리엣이나 데
　　리고 나오시오. 신랑은 벌써 와 있소.
유 모 아가씨가 죽었어요, 돌아가셨어요! 아, 슬퍼라,
　　아가씨가 죽었어요!
캐퓰릿 부인 아, 슬퍼라. 딸애가 죽었어요, 죽었어요,
　　죽었어요!
캐퓰릿 뭣! 어디 보자. 아, 이런, 차디차군! 피는 멈추
　　고 수족은 굳어 있고, 입술에선 벌써 생기가 떠나
　　버렸군. 온 들판에서 가장 향기로운 한 송이 꽃에
　　느닷없이 때아닌 죽음의 서리가 내렸구먼.
유 모 아, 슬퍼라!

캐퓰릿 부인 아, 슬퍼라!

캐퓰릿 딸을 잡아가고 나를 비탄 속에 빠뜨린 죽음이,
　　내 혀마저 묶어 놓고 말도 못하게 할 참인가 보다.

　　　　　로렌스 신부, 백작, 악사들 등장

신 부 자, 신부(新婦)가 교회로 갈 준비는 다 되었소?

캐퓰릿 다 됐으나, 가면 다시는 돌아오지 못합니다!
　　오 사위여, 결혼 전날 밤에 죽음의 신이 자네 아내
　　하고 동침했네그려. 저보게, 꽃 같은 딸애를 죽음
　　이 망쳐 놓았네. 죽음의 신이 내 사위, 내 상속자
　　일세. 딸은 죽음이 맞아가고 말았어! 나도 죽어 모
　　두 그놈에게 물려줄 테야. 생명이고 재산이고 죄다
　　죽음의 차지지.

패리스 이날 아침을 기다리고 기다려 온 보람으로 이
　　런 꼴을 당하고 마는가요?

캐퓰릿 부인 저주할 불행한 날, 망측하고 지겨운 날!
　　흐르고 흐르는 세월 중에 가장 비참한 이 시각! 귀
　　엽고 귀여운 무남 독녀, 단 하나의 위안거리인 외
　　동딸을 무정한 죽음이 내 눈앞에서 채가고 말다니!

유 모 아, 서러워라! 아, 슬퍼라! 이렇게 슬프고 불행
　　한 날을 내 생전에 볼 줄이야! 아, 이날, 지겨운

이날! 이렇게 불행한 날이 또 어디 있담. 아, 서러워라!

패리스   속고, 버림받고, 욕보고 미움받아 죽었구려! 밉살스런 죽음아, 네놈한테 속았다. 잔인무도한 네놈 때문에 신세 망쳤다! 아, 생명 같은 내 애인이여! 생명 없이 죽어 있는 애인이여!

캐퓰릿   욕보고, 고통받고, 미움받고 희생되어 죽었구나. 몰인정한 시각아, 어쩌자고 하필이면 지금 와서 이 혼례식을 망쳐 놓는 거냐? 아이고, 아가, 아가! 내 영혼인 아가, 너는 죽었구나. 아이고, 네가 죽었어! 너와 함께 내 기쁨도 매장돼 버리는구나.

신 부   조용히들 하시오, 흉합니다! 그렇게 떠든다고 불행이 바로 되는 것도 아니외다. 이 아름다운 따님은 하느님과 당신의 공동 소유였소. 그것을 이제는 하느님이 모두 맡아 가셨으니 따님께는 오히려 잘된 거요. 당신은 따님에 대한 당신 몫을 죽음으로부터 막아낼 수 없지만, 하느님 몫은 영원한 생명 속에 살아 있습니다. 당신이 가장 바란 것은 따님의 출세였지요. 그러니 따님의 출세는 당신의 천당인 셈이지요. 그런데 따님이 구름 위 하늘 높이 출세되어 간 것을 보고 당신은 운단 말인가요? 따님의 출세를 보고도 미친 사람 같다니. 자식한테 그런 애정은 진정한 애정이 아니외다. 결혼해서 오래 사는 여자가 좋은 결혼을 한 것이기는 하나 결혼하여 젊어서 죽는 여자가 오히려 최상의 결혼을 한 것이외다. 눈물을 씻고, 이 아름다운 시체를 로즈메리꽃으로 장식하시오. 그리고 관습대로 제일 좋은 옷을 입혀 가지고 교회로 나르시오. 어리석은 인정으론 슬퍼하지 않을 수 없지만 감정의 눈물은 이성의 조소거리외다.

캐퓰릿 잔치에 쓰려던 것들이 계획과는 달리 죄다 불행한 초상용으로, 축하 음악은 서글픈 종소리로, 잔칫날은 슬픈 장례식으로 변하는구려. 결혼 축가도 음침한 장송곡으로 바뀌고, 신방용의 꽃은 매장되는 시체의 장식용이 되고, 온갖 것이 정반대로 변하는구려.

신 부 자, 안으로 들어가시오, 마나님도 같이. 그리고 패리스 님도 들어가시오. 다들 이 아름다운 시체를 따라 무덤으로 갈 준비를 하시오. 무슨 잘못이 있었기에 하느님이 노하신 거외다. 더 이상 하느님의 뜻을 거역해서는 안 되오. (다 퇴장하고 유모만 남아서 시체 위에 로즈메리꽃을 뿌린 다음 커튼을 닫는다. 이어 악사들이 등장한다)

악사1 그럼 우리는 피리를 집어넣고 물러가도 되겠구먼.

유 모 여러 양반, 어서 집어넣어요, 어서! 보시다시피
     이렇게 딱하게 되어 버렸잖아요?

악사1 하지만 참말이지, 판쯤은 고칠 수 있습죠.

        피터 등장

피 터 아 여보게, 악사들, 〈마음 편히〉란 곡을 좀 연주
     해 주게. 아이고, 날 좀 살리려거든 제발 〈마음 편
     히〉란 곡 좀 연주해 달라니까.

악사1 왜 〈마음 편히〉를?

피 터 아, 악사들. 내 마음은, 〈내 마음 슬프도다〉를
     연주하고 있으니까 말이야. 아, 그러니 즐거운 곡
     을 연주해서 날 좀 위로해 주게.

악사1 싫소! 음악을 할 때가 아니니까요.

피 터 싫다고?

악사1 암!

피 터 그럼 한 대 먹여 줄까 보다.

악사1 뭘 먹여 주겠다는 거요?

피 터 돈은 아냐. 조롱 말이다, 이 거지 악사들아.

악 사 요 하인놈 좀 봐라!

피 터 하인 칼에 대가리를 얻어맞을 놈 좀 보게. 내가
     악보인 줄 아느냐? 네놈 대가릴 뚱땅 쳐줄까 보다.

알겠냐?

악사1 뚱땅 치면 소리나 날 테지.

악사2 여보, 칼부림은 그만두고 그 대신 말솜씨로 해보
       시지.

피 터 그럼 말솜씨로 해보자고! 쇠칼을 치운 대신 쇠
       같은 말솜씨로 갈겨 줄까 보다. 자, 사내답게 받아
       봐라.

       쥐어짜는 슬픔에 가슴은 아프고
       구슬픈 설움은 마음을 누르고
       은(銀) 소리 같은 음악은——
       어째서 '은소리'지! 어째서 은소리 같은 음악이지? 여
       보게 거문고 양반, 대답은?

악사1 그야 은이 구수한 소리를 내니까 그렇지.

피 터 근사하군! 여보게 가야금 양반, 자네 대답은?

악사2 그야 악사가 은전을 받으니까 '은소리'지.

피 터 그것도 근사해! 그럼 거문고 줄받이 양반, 자넨?

악사3 참말이지, 난 모르겠는걸.

피 터 거 미안하게 됐어! 자넨 소리꾼이지. 내가 대신
       말해 주지. 글쎄, '은 같은 음악'인즉, 악사들이 소
       릴 내도 돈은 안 되니까 그런 거지.

       은 같은 음악 소리에
       울화증은 단박에 풀린다. (피터 퇴장)

악사1 제기, 요 빌어먹을 자식 좀 보게나!

악사2 뒈져라, 망할 자식아! 그럼 우리네도 들어가서
문상객들이 올 때까지 빈둥거리고 있다가, 한잔 얻
어먹세그려. (모두 퇴장)

제 5 막

제 1 장

만투아 거리의 상점
로미오 등장

로미오　달콤한 꿈을 믿어도 좋다면, 내 꿈은 무슨 희소식이 올 징조에 틀림없으렷다. 이 가슴의 주인, 사랑의 신은 그 옥좌에 사뿐히 앉아, 오늘 진종일 묘한 기분 때문에 마음도 들떠서 발이 땅에 안 닿는구나. 꿈에 내 아내가 와서 죽은 나를 보고—죽은 사람이 다 생각을 할 겨를이 있다니, 이상한 꿈이기도 하지!—아무튼 아내가 내 입술에 키스하여 생명을 불어넣어 준 덕택으로 나는 소생하여 제왕이 된 꿈이었지. 아! 사랑의 그림자만으로도 그토록 기쁘니 과연 사랑이 이루어지면 얼마나 달콤할까!

로미오의 하인 밸서자가 승마화를 신은 채 등장

로미오　베로나에서 소식이 왔구나! 밸서자, 신부님의 편지는 안 가져왔니? 아가씨는 어떠시냐? 아버님도 안녕하시고? 또 묻는다만, 줄리엣 아가씨는 어떻게 지내시느냐? 아가씨만 무사하다면 만사태평이지 뭐냐.

밸서자　예, 아가씬 무사하시고, 만사태평인데요. 글쎄, 아가씨 시체는 캐퓰릿네 선산에 잠들어 계시고, 영혼은 천사님과 함께 계십지요. 저는 아가씨가 조상 묘소에 깊이 묻히는 것을 보는 즉시로 이 일을 도련님께 알리려고 역마(驛馬)로 급히 달려왔습니다. 이렇게 흉한 기별을 가져와서 미안합니다만, 이렇게 하라는 도련님의 분부였으니까요.

로미오　그게 정말이냐? 그럼 운명의 별들아, 멋대로 해라! 얘, 내 숙소를 알지? 가서 잉크와 종이를 가져오너라. 그리고 역마도 사놓아라. 이 밤으로 떠나야겠다.

밸서자　도련님, 제발 참으십쇼. 안색이 창백하시고 심상칠 않으신 걸로 봐서 어쩐지 불행이 일어날 것만 같은데요.

로미오　쳇, 네가 잘못 봤어. 날 상관하지 말고 얼른 시킨 일이나 해라. 신부님의 편지는 없단 말이지?

밸서자　예, 없습니다.

로미오　상관없다. 그럼 어서 가서 역마를 사놓아라. 나도 곧 가마. (밸서자 퇴장) 그럼 줄리엣, 오늘밤에 같이 갑시다. 자, 그 방법인데, 오, 악마란 놈, 재빠르게 절망한 자의 머릿속에 들어오는구나! 글쎄 그 약방 영감, 이 근처에 사는가 본데, 요전에 보니 누더기옷에 불쑥 나온 이마를 하고 있었지. 가난에 지쳐 앙상하게 뼈만 남고, 가게에는 궁상스럽게 거북이와 말린 악어, 그밖에 보기 흉한 생선껍질들이 매달려 있고, 또 시렁 근처에는 빈 상자, 푸른 단지, 오줌통, 곰팡이 핀 씨앗들, 끄나풀 부스러기, 말린 장미꽃 잎뭉치들이 군데군데 흩어져 겨우 약방 꼴을 이루고 있더구나. 그 궁상을 보고 난 이렇게 생각했지. '만투아에서 독약을 파는 자는 사형이라고 하지만, 지금 누가 만약 독약을 사야 할 경우라면 저 가난뱅이 영감이 팔아 주겠지.' 라고. 그러고 보니 그것은 바로 내 경우를 미리 예고해 준 것이었구나. 아무튼 그 가난뱅이 영감보고 독약을 꼭 좀 팔라고 해야겠다. 아마 이 집이었지. 휴일이라고 형편없는 가게도 닫혀 있군. 여보, 약방 영감!

　　　약방 영감 등장

약방 영감　누구요, 그렇게 큰 소리로?
로미오　여보, 이리 좀 나오시오. 당신은 궁색한 모양인데, 자, 이 돈 사십 더커트를 받고 독약을 좀 주오.

먹으면 당장 온 혈관 속에 퍼져서 마치 불 당긴 화약이 백발백중의 대포 배때기 속에서 맹렬히 터져 나오는 식으로, 이 육체에서 당장에 호흡을 거두어 가고 살기에 지친 나를 금방 쓰러뜨려 줄 독약을 말이오.

약방 영감 그와 같은 필사의 독약을 가지고 있기는 하오. 그러나 그걸 파는 사람은 만투아의 법에 의하여 사형이오.

로미오 여보, 그렇게 궁색하고 비참한 인생이면서 죽기가 무섭단 말이오? 당신의 양볼에는 굶주림이 보이고, 두 눈에는 궁상이 더덕더덕 붙어 있고, 등에는 모욕과 가난이 매달려 있소. 여보, 세상도 세상의 법률도 당신의 벗은 아니오. 당신을 부자로 할 법률을 만들어 줄 세상도 아니오. 그러니 가난에 빠져 있을 것 없잖소? 법을 무시하고 이걸 받으시오.

약방 영감 받기는 받겠소만, 가난 탓이지 본의는 아니외다.

로미오 나 역시 당신의 본의에 대해서가 아니라 가난에 대해서 돈을 치르는 거요.

약방 영감 (약병을 내주면서) 이것을 물에 타서 마십시오. 그러면 당신이 설사 스무 명을 당하는 장사라 할지라도 당장에 뻗고 말 거요.

로미오   자, 돈을 받으시오. 사실 돈이란, 인간의 영혼
에게는 더할 나위없는 독이오. 당신이 파는 이 하찮
은 독약보다도, 사실 더 한층 더러운 세상에서 살인
이 저질러지거든요. 독을 판 것은 나고, 당신은 아
무것도 안 팔았소. 잘 있으시오. 음식이랑 사서 먹
고 살 좀 쪄보구려. (약방 영감 퇴장) 자, 독약 아닌
정신 깨는 약아, 나와 같이 줄리엣의 무덤으로 가자
꾸나. 그곳에서 너를 써야겠다. (로미오 퇴장)

제 2 장

로렌스 신부의 암실
존 신부 등장

존 신부 프란체스코파의 로렌스 신부님, 이보십시오!

로렌스 신부 등장

로렌스 신부 저 음성은 바로 존 신부의 음성이군. 만
투아로부터 오시는 길이오? 수고했소. 로미오의 대
답은? 편지를 받아왔다면 어서 내놓으시오.

존 신부 사실은 맨발로 다니는 동문(同門)의 신부님 한
분과 동행하려고 찾아갔다가, 마침 시내 어느 환자
를 문병나온 자리에서 그분을 만났는데 때마침 시
검역관(市檢疫官)들이 우리 두 사람을 그 전염병자
집에 있었다는 혐의로 문을 철봉하고 밖으로 내보
내 주질 않아서 만투아 행은 그만 지체되고 말았습
니다.

로렌스 신부 그럼 내 편지는 로미오한테 누구 편으로
보냈소?

존 신부 보내질 못하고 이렇게 도로 가져왔지요. 신부

님께 되돌려 보내자니 병에 전염될까 봐, 모두들 무서워하는 바람에 누구 시킬 사람이 있어야죠.

로렌스 신부 이게 무슨 불행이오! 정말 이 편지는 사소한 것이 아니라 중대한 용건인데, 소홀히 해놔서 큰일이 벌어질지도 모르오. 존 신부님, 어서 가서 쇠지레를 하나 곧 이 암실로 구해 주오.

존 신부 예, 곧 가서 구해 오리다. (존 신부 퇴장)

로렌스 신부 그럼, 나 혼자서 묘지로 가봐야지. 이제 세 시간 안으로 줄리엣이 눈을 뜰 거야. 이 일을 로미오에게 못 알린 것을 알면 줄리엣은 나를 무척 원망할 테지. 아무튼 만투아엔 다시 편지를 보내고, 로미오가 올 때까지 줄리엣을 내 암실에 두기로 하자. 가엾게도 산송장이 되어 죽은 자들의 무덤 속에 갇혀 있다니! (로렌스 신부 퇴장)

제 3 장

베로나, 캐퓰릿 집안의 묘지
횃불과 꽃다발을 든 시동과 패리스 등장

패리스 애, 횃불은 날 주고, 너는 저만큼 물러가 있거라. 아니야, 횃불을 꺼버려라. 남의 눈에 띄면 귀찮다. 저기 저 주목나무 밑에 엎드려서 귀를 우묵한 땅바닥에 바싹 대고 있어. 무덤을 판 뒤라 땅은 말랑말랑하니까, 묘지를 걷는 발자국 소리가 네 귀에 들릴 거다. 들리면 누가 오는 신호로 휘파람을 불어. 그 꽃다발은 날 주고, 시킨 대로 해라. 자, 가봐라.

시 동 (방백) 무서워서 이런 묘지에 혼자 서 있지 못할 것 같지만, 그래도 그렇게 해봐야지. (시동 퇴장)

패리스 꽃 같은 아가씨여, 당신 신방에 이렇게 꽃을 뿌려 드리겠소. 아, 무덤의 뚜껑은 흙과 돌이 아닌가! 밤이면 항상 성수를 뿌리고, 그것이 없으면 슬픔으로 짜낸 눈물이라도 뿌려 드리리다. 당신께 대한 나의 선물로 밤마다 이렇게 꽃을 뿌리고 눈물을 쏟겠소. (시동이 휘파람을 분다) 휘파람 부는 것을 보니 누가 오는 모양이군. 밤중에 이런 데를 헤매어

와서 이 정성어린 장례를 방해하려 들다니, 웬놈의
발목이람? 아니, 횃불까지 들고. 그럼 나는 잠깐
어둠 속에 숨어 있자. (패리스 물러선다)

로미오와 밸서자가 횃불, 곡괭이, 쇠지레 등을 들고 등장

로미오 그 곡괭이와 쇠지레를 이리 줘. 가만 있어, 이
편지를 들고 가서 내일 아침 일찍 아버님께 꼭 전
하도록 해라. 횃불도 이리 줘. 내 엄명인데, 내가
무엇을 들고 보더라도 모르는 체하고 내가 하는 일
을 방해하지 마라. 내가 이 죽음의 장소로 들어가
는 이유는 아가씨 얼굴을 보자는 것도 있지만, 실
은 시체 손가락에서 보석 반지를 뽑아다가 어떤 중
대한 일에 쓰자는 것이다. 그러니 너는 물러가거
라. 내가 하는 일을 만약에 수상히 여기고 돌아와
서 엿보기만 하면, 맹세한다만, 네놈의 사지를 갈
가리 찢어서 이 굶주린 묘지 일대에 흩뜨려 놓겠
다. 때마침 밤중이고, 내 마음도 잔인하기가 굶주
린 호랑이나 뒤끓는 바다보다 한층 더 포악, 잔인
하니 말이다.
밸서자 예, 저는 물러가고 방해는 않겠습니다.
로미오 그래야 떳떳하지. 자, 이걸 받아라. (돈지갑을

내준다) 가서 잘 살아라. 그럼 자, 잘 가거라.

밸서자　(방백) 저렇게 말씀을 하시지만 난 이 근처에 숨어 있어야겠다. 안색도 걱정되고, 어쩐지 수상하거든. (밸서자 물러간다)

로미오　너 이 보기 싫은 배때기, 죽음의 모태란 놈, 이 세상에 제일가는 진미를 삼켜 버리다니. 자, 네놈의 썩어빠진 아가리를 이렇게 벌리고, (무덤 뚜껑을 열기 시작한다) 원한에 사무친 음식을 처넣어주마.

패리스　(방백) 이건 저 추방당한 몬터규 녀석이구나. 저 자가 내 애인의 사촌오빠를 죽였기 때문에 그 슬픔으로 아름다운 줄리엣도 죽었다는데, 이 교만한 녀석이 시체에까지 폭행을 하려고 여기까지 왔나. 체포해야지. (앞으로 나선다) 너 이 몬터규 녀석아, 그 고약한 짓을 마라! 시체에까지 복수할 수 있다더냐? 이 망할 녀석아, 널 체포하겠다! 잠자코 따라와, 이 죽일 놈 같으니.

로미오　사실 죽어야 할 나이기에 여기에 온 것이오. 여보 젊은 분, 당신도 신사인데 절망한 인간을 건드리지 말고 나를 피해 달아나오. 여기 송장 시체를 면하려거든 무서운 줄도 좀 아오. 여보, 부탁이니 제발 나를 성나게 하여 내 머리 위에 죄악을 덧신게 하지 말아 주오. 아, 어서 돌아가오! 정말 난 당신을 내 몸보다 더 아끼오. 나는 나 자신을 죽이려고 온 것이니까요. 망설이지 말고 어서 가서 살아남은 뒤에 미치광이 덕택으로 피신을 한 거라고 말하오.

패리스 그따위 청을 누가 들어 줄 줄 아느냐? 임마, 널 중죄인으로 당장 체포하겠다.

로미오 기어이 내 부아를 터뜨려 놓겠단 말이냐? 그럼 에잇 받아라! (둘이 싸운다)

시 동 아이고, 싸움이 벌어지는군! 파수병을 불러와야겠다. (시동, 달음질쳐 나간다)

패리스 아, 다쳤어. (쓰러진다) 여보, 인정이 있거든 무덤 뚜껑을 열고 날 줄리엣 곁에 묻어 주오. (죽는다)

로미오 그러마. 그런데 어디 얼굴 좀 보자. 이거 머큐쇼의 친척 패리스 백작 아닌가! 말을 타고 오는 도중 마음이 산란해서 귀담아 듣진 않았지만 하인놈이 뭐라고 말을 했지. 패리스와 줄리엣이 결혼한다는 말을 한 것 같은데. 그놈이 그런 말을 했지, 아마? 혹은 내가 그런 꿈을 꾸었나? 아니면 내가 광란해 있어 줄리엣 이야기가 나오는 바람에 그렇게 착각을 한 것일까? 여보, 악수합시다. 당신도 나와 같이 불행한 운명의 명단에 오른 사람이구려! 영광의 무덤 속에 묻어 드리지요. 무덤? 아니지 여보,

쓰러진 젊은 분, 무덤이 아니라 광명의 탑이오. 이곳엔 줄리엣이 누워 있소. 그의 아름다움은 이 무덤 속을 광명도 찬란한 향연의 대궐로 하고 있지 않소. 고인이여, 죽기로 된 자의 손으로 묻혀 여기 고요히 잠드시오. (패라스의 시체를 무덤 속에 누인다) 사람이 죽기 직전에는 흔히 명랑해진다는데 임종을 하는 사람들은 그것을 임종시의 섬광(閃光)이라고 하더군! 하지만 아, 이것을 어떻게 섬광이라 할 수 있겠는가! 아, 내 애인, 내 아내여! 당신의 꿀처럼 단 호흡을 다 빨아 마신 죽음의 신도 당신의 아름다움에는 아직 힘을 못 미치고 있구려. 당신은 아직도 정복당하질 않고, 두 입술과 볼에는 미의 깃발이 아직도 빨갛게 나부끼고 있으며, 죽음의 파리한 기(旗)도 거기엔 안 꽂혀 있구려. 티볼트여, 자네도 피묻은 옷에 감겨 누워 있나? 아, 자네의 청춘을 두 동강 낸 바로 이 손으로, 자네의 원수인 이 몸을 찢어죽이겠네, 내가 자네에게 이보다 더한 호의는 베풀 수 없지 않겠는가? 용서하게, 티볼트! 아, 사랑하는 줄리엣, 당신은 왜 아직도 이렇게 이쁘오? 혹시나 저 망령 같은 죽음의 귀신조차 당신한테 반하여 그 말라깽이 괴물이 당신을 이곳 암흑 속에 가두어 두고 정부로 삼자는 것이나 아닐까?

그럴지도 모르니 난 언제까지나 당신하고 같이 있
으며, 이곳 컴컴한 밤의 대궐을 다시는 떠나지 않
겠소. 난 당신의 시종들이랑 구더기들과 이곳에 있
을 테요. 난 이곳을 영원의 안식처로 자리잡고, 세
상에 지친 이 육신에서 기구한 운명의 별들의 멍에
를 떨어 버리겠소. 눈아, 마지막으로 봐라! 팔아,
마지막 포옹이다! 오, 그리고 생명의 문, 입술아,
정당한 키스로 도장을 찍어서 만물을 독점하는 죽
음과 영구한 계약을 맺어라! 자, 쓰디쓴 지도자,
냄새 흉한 안내자, 지각 없는 뱃사공아, 바다에 지
친 너의 배를 당장 암석에 부딪쳐 다오! 이건 애인
에 대한 건배다! (독약을 마신다) 아, 정직한 약방
영감! 약효는 빠르구먼. 이렇게 키스하고 나는 죽
는다. (죽는다)

　　　　로렌스 신부가 등불, 곡괭이, 삽을 들고 등장

신 부　프란체스코 성자님, 보호해 주소서! 오늘밤은
　　　왜 이렇게 자꾸 이 늙은이의 발목이 무덤에 걸리는
　　　고! 거 누구요?
밸서자　신부님을 잘 알고 있는 사람입니다.
신 부　너냐! 그런데 구더기와 눈알 없는 해골들을 쓸

데없이 비추고 있는 저기 저 등불은? 캐퓰릿가(家)
의 묘소에서 타고 있는가 본데.

밸서자 그렇습니다. 신부님께서 사랑하시는 우리 도련
님이 저곳에 계십니다.

신 부 누구 말이지?

밸서자 로미오님 말입니다.

신 부 저기 있은 지 얼마나 되었느냐?

밸서자 약 반 시간쯤 됐습니다.

신 부 그럼 나와 함께 저 무덤으로 가보자.

밸서자 안 돼요. 우리 도련님은 제가 가버린 줄로 아
시는데, 만일 망설이고 서서 거동을 엿보기만 하면
절 죽인다고 위협하셨어요.

신 부 그럼 여기 있거라, 혼자 가보겠다. 그런데 왜 이
렇게 불안할까. 꼭 무슨 흉측한 일이 일어날 것만
같구나.

밸서자 제가 이 주목나무 밑에서 졸고 있었는데, 그때
꿈결이지만, 누가 우리 도련님하고 싸우더니 도련
님이 그분을 죽이는 것 같던데요.

신 부 로미오! (앞으로 나온다) 아이고, 이게 웬 피냐!
이 무덤의 돌 입구를 이렇게 물들이고 있는 피가?
이건 또 웬일이냐. 주인 없이 엉긴 칼들이 이 안식
처에 피묻은 채 굴러 있으니? (무덤 안으로 들어간

다) 로미오! 오, 창백하구나 저건 또 누군가? 아니, 패리스도? 피투성이 아닌가! 아, 이 무정한 시간 좀 보게, 이렇게도 비통한 짓을 저질러 놓다니! 줄리엣이 깨어나는구나. (줄리엣이 눈을 뜬다)

줄리엣 아, 고마우신 신부님, 그인 어디 있지요? 저는 제가 지금 어디 있는지 잘 알고 있어요. 여기가 바로 그곳이죠. 신부님, 그이, 로미오님은 어디 계셔요? (밖에서 사람 소리가 난다)

신 부 이봐, 사람 소리가 들린다. 자, 죽음과 질병과 부자연스러운 잠의 자리에서 나가자. 사람의 힘으론 막을 수 없는 커다란 힘이 우리들의 계획을 훼방 놓고 말았다. 자, 어서 나가자. 네 남편은 네 가슴 위에 쓰러져 죽어 있고, 패리스도 죽었다. 자, 너를 신부의 교단에 부탁하겠다. 야경꾼이 오는 모양이니 암말 말고 어서 나가자. 착한 줄리엣, 아, 이 이상 더 망설이고 있을 순 없다.

줄리엣 신부님이나 나가셔요. 전 안 나가겠어요. (신부 퇴장) 이게 뭐냐? 잔이 로미오님의 손에 꼭 쥐어져 있네? 아마 독약을 먹고 불시에 죽었나 보다. 요 깍쟁이 좀 봐! 다 따라마시고 뒤에 따라가지도 못하게 단 한 방울도 안 남겨 놓았단 말인가? 그럼 당신 입술에 키스할래. 혹시나 독약이 입술에 아직

도 묻어 있다면 생명의 묘약처럼 날 천당으로 보내
주겠지. (키스한다) 입술은 따뜻하네!

패리스의 시동이 야경꾼과 함께 묘지에 등장

야경꾼1 애, 안내해라. 어느 쪽이냐?

줄리엣 아, 사람 소리가! 그럼 얼른 끝장내자꾸나. 아,
　　다행히도 단도가 있네. (로미오의 단도를 잡아 뺀다)
　　이 가슴이 네 칼집, (자기 가슴을 찌른다) 거기 박혀
　　날 죽게 해 다오. (로미오의 시체 위에 쓰러져 죽는다)

시 동 여기예요, 저렇게 횃불이 타고 있잖아요.

야경꾼1 땅바닥이 피투성이로군. 묘지 일대를 수색하
　　오. 자, 한패는 가서 아무 놈이고 만나는 대로 체
　　포하오. (야경꾼들 퇴장) 이게 웬 꼴인고! 백작은 칼
　　을 맞아 여기 쓰러져 있고, 이틀 전에 매장된 줄리
　　엣은 갓 죽은 것처럼 따뜻한 채 피를 흘리고 있구
　　먼. 어서 가서 영주님께 보고하오. 캐퓰릿 집에도
　　뛰어가고, 몬터규네 사람들도 일으켜 깨워. 다른
　　패들은 가서 수색하시오. (다른 야경꾼들 퇴장) 이 불
　　행한 시체들이 쓰러져 있는 장소는 눈앞에 보이지
　　만, 이 불행의 진상은 자세히 조사 하지 않고서야
　　어디 알 도리가 있나?

한패의 야경꾼들이 밸서자를 데리고 등장

야경꾼2 이자는 로미오의 종인 모양인데, 묘지에서 잡
았소.
야경꾼1 영주님이 오실 때까지 잘 붙들어 두오.

다른 야경꾼이 로렌스 신부를 데리고 등장

야경꾼3 이자는 신부인 모양인데, 덜덜 떨면서 웅크리
고 서서 가까이 가도 모르고 한숨을 쉬며 울고 있
었습니다. 이자가 묘지 저쪽으로 달아나려는 것을
붙들어서 이 곡괭이와 삽을 압수했습니다.
야경꾼1 대단히 수상한데! 이 신부도 붙들어 두오.

영주가 시중들을 데리고 등장

영 주 새벽부터 무슨 변이 일어났기에 아침 잠도 못
자게 나를 불러내는 거냐?

캐퓰릿과 그의 부인 등장

캐퓰릿 대체 뭣 때문에 밖에서 저렇게 떠드나?
캐퓰릿 부인 아, 사람들이 한길에서 '로미오', '줄리엣',

'패리스' 하고 목이 터져라고 부르짖으며 우리 선산
쪽으로 줄달음질치는군요.

영 주 우리의 귀를 놀라게 하는 저 무서운 소란은?

야경꾼1 영주님, 패리스 백작이 칼에 맞아 이렇게 쓰
러져 있고, 로미오도 죽어 있었습니다. 그리고 벌
써 죽은 줄리엣도 갓 살해된 것처럼 아직 몸이 따
뜻합니다.

영 주 잘 수사하여 이 참혹한 살인의 진상을 규명하라!

야경꾼1 여기에 신부 한 사람과 살해당한 로미오의 종
이 있는데, 이자들은 아주 무덤을 파기 알맞은 연
장까지 갖고 있습니다.

캐퓰릿 아, 이런! 여보, 이것 봐요. 딸년이 피를 흘리
고 있구려. 요놈의 단도가 미쳤나. 저것 봐요, 몬
터규 허리의 칼집은 비어 있고, 엉뚱하게 딸년 가
슴에 박혀 있구려.

캐퓰릿 부인 아이고, 이 주검의 꼬락서니 좀 보게! 조
종(弔鐘)같이 이 늙은이를 무덤으로 불러 대는구먼.

몬터규 등장

영 주 여보 몬터규, 당신도 일찍 일어났지만 저것 보
오. 당신의 외아들은 벌써 잠들었소.

몬터규 아아, 영주 각하, 처가 간밤에 죽었습니다. 자식
　　　　의 추방을 한탄한 나머지 결국엔 죽고 말았습니다.
　　　　그런데 그 이상 무슨 불행이 이 늙은이를 못 살게 하
　　　　는가요?

영　주 보면 알 거요.

몬터규 오, 이 버릇없는 자식! 아비에 앞서 무덤으로
　　　　뛰어들다니, 이 무슨 짓이냐?

영　주 잠깐 분노의 문을 닫아 두오. 우선 이 의혹들을
　　　　풀고 그 뿌리와 원인과 진상을 밝혀내야 하겠소.
　　　　불행을 당하기론 당신네들에 못지 않은 나요. 내가
　　　　앞장을 서서라도 당신네들 원수를 갚아 주겠소. 잠
　　　　시 참고 불행을 꾹 눌러두오. 그럼, 혐의자들을 이
　　　　리 불러내라! (야경꾼들이 로렌스 신부와 밸서자를 데리
　　　　고 나온다)

신　부 제가 최대의 혐의자입니다. 가장 약한 제가 때
　　　　와 장소가 불운한 탓으로 이 무서운 살인의 최대의
　　　　혐의자가 되고 말았습니다. 저는 여기 서서, 당연
　　　　한 책임에 대해서 제 자신을 규탄하고, 정당한 사
　　　　리에 대해서 제 자신 해명을 하겠습니다.

영　주 그럼 이 사건에 관해서 아는 바를 당장 말해 보
　　　　시오.

신　부 간단히 말씀드리겠습니다. 얼마 남지 않은 여생

인지라 지루하게 이야기할 여유도 없습니다. 저기
죽어 있는 로미오는 줄리엣의 남편, 역시 저기에
죽어 있는 줄리엣은 로미오의 성실한 아내였습니
다. 이들의 결혼은 내가 시켰지요. 바로 그 비밀
결혼날이 티볼트가 횡사한 날이었고, 이 때아닌 살
해 사건 때문에 결혼식을 올린 지 얼마 안 된 신랑
은 이 시에서 추방당했으며, 또한 줄리엣의 슬픔인
즉 티볼트 때문이 아니라, 실은 남편 로미오 때문
이었지요. 그런데 당신네는 따님의 벅찬 슬픔을 제
거하고자 패리스 백작과 억지 결혼식을 올리려고
했습니다. 그래서 따님은 나를 찾아와 심각한 낯으
로 이중 결혼을 모면할 방도를 강구해 달라고 간청
했고, 여의치 않으면 내 암실에서 자살하겠다는 것
이었지요. 그래 내가 평소 배워 둔 대로 수면제를
지어 주었더니, 뜻한 대로 효력이 나타나서 줄리엣
은 가사 상태를 취하게 되었지요. 한편 나는 로미
오한테 편지를 쓰고, 이 무서운 오늘밤은 마침 약
효가 끊어질 시각이기 때문에 그가 이곳으로 와서
나와 같이 줄리엣을 가장(假葬)의 무덤에서부터 구
해 내기로 했지요. 그런데 내 편지를 들고 간 존
신부는 사고로 길이 막혀, 어젯밤 그 편지를 도로
가지고 왔습니다. 결국 나는 단신 줄리엣이 깨어날

예정 시간에 그녀 조상의 납골당에서 줄리엣을 구해 내려고 왔지요. 그리고 당분간 줄리엣을 내 암실에 감춰 두고, 로미오한테는 때를 봐서 연락하자는 것이었지요. 그런데 와보니 줄리엣이 눈을 뜨기 직전인데, 뜻밖에 패리스 백작과 로미오가 죽어 있지 않겠습니까. 마침 줄리엣이 깨어나, 나는 나가자고 권하고 이게 다 천명이니 참으라고 했지요. 그러던 중 나는 사람 소리에 놀라서 무덤을 뛰어나왔는데 줄리엣은 실망한 나머지 따라나오려고 하지 않더니만, 결국 자결을 하고 만 것 같습니다. 이것이 내가 아는 진상입니다. 결혼에는 유모도 관여했습니다. 만약 이 중에 조금이라도 나의 과실이 있다면 어차피 얼마 남지 않은 이 늙은 목숨, 추상같이 엄한 법에 비추어 응분의 처단을 내려주십소서.

영 주 우리는 평소 그대를 덕이 높은 신부로 알고 있었소. 그런데 로미오의 하인이란 자는 어디 있느냐? 네가 할 말은 없느냐?

밸서자 제가 줄리엣 아가씨의 부음을 도련님께 전해 드렸더니 도련님은 만투아에서 바로 이곳 묘소로 말을 타고 달려왔습죠. 그리고 이 편지를 아침 일찍 아버님께 전하라고 분부하시고 무덤 속으로 들어가시면서, 만약 제가 도련님을 여기 내버려 두지 않고 떠나지 않는다면 죽이겠다고 위협하셨습니다.

영 주 그 편지를 이리 내라, 어디 읽어 보자. 그런데 야경꾼을 불러냈다는 백작의 시동은 어디 있느냐? (시동이 앞 무대로 나선다) 그래, 네 주인은 이곳에서 뭘 하고 있었느냐?

시 동 주인님은 아씨 무덤에 꽃을 뿌리려고 가시면서 저보고는 저리 가 있으라고 명령하셨어요. 그래서 저는 그대로 했어요. 그런데 곧 누군가 횃불을 들고 무덤을 열러 온 사람이 있었는데, 주인님은 대뜸 그분한테 칼을 빼드셨어요. 그래서 전 야경꾼을 부르러 달려갔어요.

영 주 이 편지를 보니, 그들 사랑의 경위며 줄리엣의 부음이며 신부의 증언이 틀림없고, 또한 편지로써 로미오가 가난한 약방 영감에게서 독약을 구해 가지고 이 무덤으로 와서 자살하여 줄리엣과 한 무덤에 매장되려고 한 것도 명백하오. 양편 원수들은 어디 있소, 캐퓰릿과 몬터규는? 자, 상호간의 증오에 대해서 어떠한 천벌이 내렸는가 좀 보구려. 결국 당신네들의 기쁨이어야 할 자식들은 서로 사랑함으로써 도리어 서로 파멸되고 말지 않았소! 또한 나도 당신네들의 불화를 등한시하고 있다가 친척을 두 사람이나 잃고 말았소. 죄다 벌을 받았구려.

캐퓰릿 오, 몬터규 사돈 양반, 손을 주십시오. 이걸 딸
에게 주는 혼수로 삼겠습니다. 어디 이 이상 요구
할 수야 있겠습니까!

몬터규 아니오, 더 이상 드리리다. 나는 순금으로 따님
의 상(像)을 세우고, 베로나가 그 이름으로 알려지
는 동안은 성실하고 정숙한 줄리엣의 상을 천하 제
일로 찬양받는 상이 되게 하겠소.

캐퓰릿 그럼, 그와 똑같이 훌륭한 로미오의 상을 그
아내 상 곁에 세우겠소. 우리 두 집 반목의 불쌍한
희생의 기념으로서!

영 주 구슬픈 평화를 가져오는 아침이오. 태양도 슬퍼
서 고개를 못 드는구려. 자, 이제 돌아가서 슬픈
이야기나 더합시다. 더러는 용서하고, 더러는 처벌
하겠소. 세상에 슬픈 이야기치고, 이 줄리엣과 로
미오의 이야기보다 더한 것이 어디 있겠소. (모두
퇴장)

자료편

셰익스피어의 비극

셰익스피어는 40세 전후에 이르러 경험이 풍부해지고 극작술도 성숙해지자, 여러 번 기도하여 실패했던 비극 문제를 본격적으로, 그리고 성공적으로 다루게 된다. 비극, 적어도 셰익스피어의 비극은 여러 갈등의 요소를 단일화한 복합체요, 인간 경이에 두려워하고 인간의 무력함에 위축된다. 악의 깊은 의식에 근원하면서도 영원한 선(善)에 대한 신념도 버리지 않는다. 우주적인 주제를 가지면서도 무대 위에는 피와 살을 가진 인간이 등장한다.

그리고 깊은 연민과 더불어 무자비하다. 인간 운명의 자기 책임과 빈틈없는 신의(神意)를 안다. 행위에는 반드시 인간에 대한 사랑이 따르면서도 격정의 절정에서 비극적 정신은 인간의 두려움에 지배되게 마련이다. 생명을 안고 있으면서 죽음을 두려워하지 않는다. 위의 어느 한 요소만이 강조되어도 비극의 형식은 붕괴되기 쉽다. 아무리 셰익스피어라 할지라도 고양된 순간에는 상상과 기교를 극도화시킨 나머지 균형을 잃는 수가 있었다.

비극을 연대별로 들면 다음과 같다. ≪타이투스 안드로니커스(Titus Andronicus)≫(1593~4), ≪로미오와 줄리엣(Romeo and Juliet)≫(1594~5), ≪줄리어스 시저(Julius Caesar)≫(1599), ≪햄릿(Hamlet)≫(1600~1), ≪오델로(Othello)≫(1604), ≪리어 왕(King Lear)≫(1605), ≪맥베드(Macbeth)≫(1606), ≪안토니와 클레오파트라(Antony and Cleopatra)≫(1606~7), ≪코리올레너스(Coriolanus)≫(1607), ≪아테네의 타이먼(Timon of Athens)≫(1607~8).

셰익스피어는 습작기에 벌써 희극·비극·사극을 모조리 실험했는데, 이 습작기에 실험한 비극이 ≪타이투스 안드로니커스≫라는 당시 유행한 유혈 복수 비극이다. 로마 퇴폐기의 황제 새터나이너스는 장군 타이투스 안드로니커스의 성망(聲望)을 시기하여 비(妃) 태모우러와 공모하여 타이터스의 딸 러비니어를 욕보이게 하고, 또 그의 두 아들을 죽인다. 이에 깊은 원한을 품은 타이투스는 복수를 맹세하고 미친 체하여 기회를 기다려서 마침내 황제의 두 왕자를 죽여 그 인육(人肉)을 황제와 비에게 먹인다.

그러나 결국은 타이투스를 비롯하여 러비니어, 황제, 비 등 모두 횡사하는 처참한 결말을 맞는다. 이것은 아마 다른 사람의 원작을 개작한 듯하다. 셰익스피어에 의하여 정점에 도달했던 엘리자베스조(朝) 비극의 중요한 여러 문제가 미숙한 작품인만큼 더욱 선명하게 돋보이고 있다. 복수의 주제, 주인공의 광란, 잔학 행위, 여러 인물의 살해 등등은 세네카의 영향이었다. 이러한 세네카적인 요소는 이 작품뿐만 아니라 엘리자베스조 비극 전반에 걸쳐 영향을 준 바 있다.

셰익스피어는 제2기에도 한 편의 비극을 시험해 보았다. ≪로미오와 줄리엣≫이라는 운명 비극이 그것이다. 이 비극의 주인공들은 확실히 별〔星〕의 비운을 타고난 연인들이었으며, 두 사람의 비극은 불운한 우연의 결과였다. 원수 사이인 두 거족(巨族)의 아들과 딸이라는 숙명도 숙명이거니와 두 사람의 삶은 처음부터 끝까지 불행한 우연의 연속이었다. 이 비극을 셰익스피어는 청춘의 시정(詩情)이 넘쳐 흐르는 서정적인 정열을 가지고 노래불렀다.

셰익스피어의 사극에 영향을 준 ≪왕후귀감(王侯龜鑑)≫은 셰익스피어의 비극에도 영향을 주었다. 작자미상의 이 작품은 왕후의 몰락의 원인을 죄의 대가인 형벌, 즉 인과응보로 돌리는 한편 다른 면으로는 운명의 변덕으로 돌린다. 비극의 동인(動因)이 과연 인간 내부에 있는 것일까, 외부에 있는 것일까.

운명의 수레바퀴와 죽음을 잊지 말라는 그러한 중세 적인 이념은 인생의 무상함을 느끼게 하고, 변화무쌍한 운명에 대해 공포를 느끼게 한다. 영국 중세의 왕후 귀족들이 자기 죄업 때문에 비극을 맞는 것이라면 운명만을 저주할 수는 없다. 그러나 왕후의 몰락은 무상관(無常觀)을 자아낸다. 이래서 운명 비극과 성격 비극과의 복잡 미묘한 관계가 연결된다. 그뿐이 아니었다. 중세기적 운명관은 르네상스 시기에 와서 그 이념이 달라졌다. 즉 근대화했다. 비극의 종말은 죽음인즉, 그것은 그리스 비극의 응보의 여신(女神)과 같이 필연적인 것이어야 할 것이나, 근대 비극의 탄생시에는 그러한 궁극적인 힘에 대한 개념이 결핍됐으며, 이는 기독교가 비극이라는 개념을 파괴해 버렸기 때문이다. 이래서 엘리자베스조 비극작가들은 기독교적인 요소를 인식의 배후로 물리쳐 버리고 비극에 없어서는 안 될 불가피성, 궁극적인 필연성을 다른 곳에서 찾아야만 했다. 가장 효과적인 것은 인간의 개성이라는 새로 발견된 경탄, 인간 예찬이었다. 즉, 인간 의지의 깊숙한 곳에 정열의 추측할 수 없는 힘과 설명할 수 없는 충동적인 행동이, 결정적은 아닐망정 명백히 인간 운명을 형성하는 힘으로 인식되었다.

이래서 엘리자베스조 비극에 있어서의 성격은 운명의

전부는 아니더라도 운세의 형성자가 되고, 비극은 그 불가피성의 근원을 인간과 세계의 상호 작용 속에서 발견하며, 이 상호 작용 안에서 심리적 인과관계를 포착하기는 어려우나 미묘한 연관이 극중 사건에 우주적 질서의 충분한 외관을 부여해 준다고 하겠다.

셰익스피어의 비극기는 ≪줄리어스 시저≫에서 출발하며, 이 희곡은 시역(弑逆)과 독재에 대항하는 자유와 그 귀결, 그리고 반역자의 운명과 로마의 미래에 대한 문제를 제시한다. 이렇게 생각하면 이 극은 ≪맥베드≫와 공통점을 가질 뿐 아니라 같은 분위기를 지니고 있다. 이 두 희곡이 동일한 충동적 직관의 소산일 때, 인간 질서의 파괴와 이에 기인하는 무한한 불행, 악의 횡행들의 직관에 고민하고, 그 연극적인 처리를 기도하던 차에 마침내 ≪줄리어스 시저≫의 주제가 알맞은 소재를 제공한 것이라고 볼 수 있겠다.

그러나 여기서 곧 난점이 생긴다. 시저와 브루투스의 이야기는 너무나 유명한데다가 하나의 사실(史實)이기 때문에 자의적인 처리에 제한받지 않을 수 없다. 셰익스피어는 질서의 이미지와 이 이미지의 파괴자가 필요했다. 그러나 작품상의 브루투스는 관대하고 정직한 인간으로, 이러한 인물이 그러한 행위를 하려면 동기가 있어야 했다. 따라서 시저의 묘사는 위인으로 구상화할 수도 없거니와 단순한 상징화로 그칠 수도 없는 노릇이다. 그렇다면 셰익스피어가 당면한 소재와 직관 사이의 어긋남은 명백해진다. 고귀한 정신을 가진 브루투스는 시역에 가담하기에 앞서 카시우스와 카스커로부터의 자극이 필요해진다. 셰익스피어는 플루타르크 원전에 따라 시저의 독재성을 실마리로 삼을 수도 있었을 것이다.

그러나 그렇게 하면 본시 그의 직관과는 딴판의 극이 결과했을 것이요, 질서관은 폭군의 이미지로 변질됐을 것임에, 셰익스피어는 도리어 브루투스의 입을 통하여 시저의 덕을 강조하고 있다. 그러기에 셰익스피어는 이 소재를 처리함에 있어 제한을 받아 기본 골자를 자의대로 변경하지 못하고 있다.

셰익스피어가 당면한 문제는 이것만이 아니다. 플루타르크에서 언급된 시저의 육체적 결함을 강조함으로써 우리들의 경외심을 감소하기는커녕 그러한 인간의 영혼에 외구(畏懼)를 자아내고, 시저의 혼백은 희곡 전체를 엄습하여 질서의 이미지는 여전히 산다. 시저 모살(謀殺) 후의 로마는 혼돈의 와중에 휩쓸린다. 이리하여 질서 파괴 후의 분열상은 묘사되나, 그것은 두 개의 연극적 모순을 낳는다.

첫째, 안토니우스나 옥타비아누스나 그 어느 쪽도 질

서의 회복을 상징하지 못한다.

둘째, 우리의 관심은 브루투스와 카시우스 사이에서 분열된다. 브루투스 사후, 회복된 질서의 상징자는 등장하지 않는데, 이 작품 마지막 대사는 쓰러진 영웅의 시체에 대한 찬송이기도 하지만 보다 근본적 의미인즉, 브루투스는 정치가고 존경할 인물이기는 하나 그는 시역자, 음모자로, 그의 타도를 작자는 '이 행복한 날'이라는 한 마디로 정당화시킨 듯하다.

작자가 전개하고자 한 개념을 이 극에서는 완전히 전개하지를 못했다고 볼 수 있겠다. 그리하여 홀린세드의 《스코틀랜드 사기(史記)》에서 그가 희귀한 소재를 발견했을 때, 그의 정신은 그제야 점화되었으리라. 세익스피어는 《맥베드》를 하나의 인간정신으로 구상화시키고, 《맥베드》의 세계를 필요불가결한 운동 원칙을 지닌 세계로 인식하여, 이 극을 각색한 것이라고 하겠다.

《맥베드》의 주인공은 상상력은 풍부하나 도덕관이 희박한 윤리적 불구자요, 야욕에 불타는 잔학한 악인이면서도 현세적인 보복이 두려워 공포에 떠는 인물이다. 그는 장엄한, 또는 외구할 인물인 양 착각하기 쉽지만, 그가 마녀들의 유혹에 동요하여 악에 발을 내딛는 순간부터 그의 육체와 영혼은 내란이 벌어진 국가처럼 혼란에 빠져, 기능은 정지되고 환상에 사로잡혀 내적 갈등에 시달린다. 이들 부부가 공동 작전으로 시역(弑逆)을 감행하여 찬탈한 왕관에는 평화와 만족이 아니라 공포와 고민과 무의미만 따를 뿐이어서, 그는 계속 극악을 행사한다.

정당한 왕위를 탈권한 이 쿠데타의 주인공이 정적(政敵)들을 타도하고, 국민 대중을 수탈하여 국가를 아비규환의 수라장으로 휘모는 그 폭군적 양상은 차마 볼 수 없을 정도여서 그는 어차피 붕괴 일로를 치달아 구원될 길이 없는 나락에 떨어져 버린다. 그와 같은 절망 속에 죽고 마는 비극의 주인공보다 더 비참한 일은 없을 것이다. 그러나 이 악인이 쓰러짐과 동시에 그가 파괴한 국가 사회의 질서는 회복되고, 선과 이성은 다시 움을 틔우기 시작한다. 대질서의 심판은 내린 것이다.

《맥베드》는 대부분 밤의 암흑 속에서 사건이 진행된다. 이 암흑 안에서는 핏빛, 불빛 등이 번뜩이고, 거기에는 항시 악이 편재(偏在)하고 있다. 이 암흑은 배경이라기보다 극의 공간적 분위기인 것이다. 악이 패하고 선이 찾아올 무렵에서야 비로소 이 암흑은 거두어진다. 그뿐 아니라, 극은 어리둥절한 의문과 풍문들이 주는 당혹 속에 진행된다. 악의 화신이요, 주인공의 의지의 중추신경이라고도 할 마녀들의 예언도 불가해하고 불가사의하다.

이와 같은 분위기 속에서 함축적이며 폭력적인 용어와 거대, 준엄한 어법으로써 속력을 가지고 극은 진행되어 전체적 인상은 맹렬하고 집중적이다. 인물들이 사상과 감정을 표현하는 그 함축성 있는 이미지들도 그러하다.

더구나 처음부터 끝까지 역천적(逆天的)인 심상들이 가득 차 있다. 주인공을, 어울리지 않는 옷을 입은 사람에 비유한 옷의 심상, 악몽에 시달림, 순리를 어기는 동물들, 천지의 변고와 괴변, 징글맞은 동물들, 가치판단을 전도하는 마녀 등, 자연의 이치〔理〕의 역행을 표현하는 그러한 심상들은 주인공들의 비인간적인 악의 행위를 더욱 효과적으로 돋보이게 할 뿐 아니라, 이 양자가 상호 유기적으로 결합하여 결국 이 극 전체의 공간적이고 분위기적인 주제를 조성해 낸다.

악이 선을 상극하고, 무질서가 질서를 파괴하는 그러한 충돌상은 인간 사회에 흔해 빠진 현상이다. 그러한 진부한 현상 중의 한 단면을 셰익스피어는 깊이 통찰하여, 마치 지옥도 (地獄圖)를 우리 눈앞에 전개시키는 양, 그것을 극적으로 뛰어나게 처리했기 때문에, 이 극의 예술성은 영구하고도 4차원적인 것이다.

셰익스피어는 《줄리어스 시저》에서는 사실(史實)에

구애를 받지 않을 수 없었으나 《맥베드》 전설에서는 상상을 한껏 고양시킬 수 있었다. 본래 그의 영상(映像)은 우주적인 것이며, 《맥베드》에서 그는 악 자체가 요구하는 불가사의한 신비를 가지고 악을 묘사한다. 이미 초기 작품들에서 볼 수 있었던 이들 비전은 이제 한층 더 추진됨에, 궁극적 선(善)에 대한 확신, 이것 외에는 온갖 것이 모호하며 확실한 것이라고는 하나도 없다. "고운 건 더럽고, 더러운 것은 곱다"(제1막 제1장)라는 역설적인 대사도 불가해 하거니와, 《맥베드》의 진정한 의도(眞犯意) 또한 수수께끼요, 이 희곡은 형이상학적인 신비를 우리에게 보여 준 것이라 하겠다.

이보다 앞서 완성된 《햄릿》은 가장 유명할 뿐 아니라 셰익스피어의 비극관이 가장 잘 표현된 비극이다. 오늘날 비평가들 중에는 햄릿의 예술적 실패를 지적하는 자들도 있지만, 이는 신기(新奇)를 찾는 괴벽 아니면 자연적인 것, 상식적인 것을 바로 보지 못하는 탓이겠다. 다른 어떤 희곡보다도 셰익스피어는 현실의 비전을 이 작품에서 절실하게 재현시켰으며, 《햄릿》은 다른 어느 작품보다도 강력히 우리의 공감을 일으키고 있다. 《햄릿》에 관해서는 셰익스피어의 어느 작품보다도 논쟁이 분분했으나 자연적으로, 상식적으로, 그리고 소박 · 솔직하게 해석한다면 여러 학자들이 당혹한 바와 같은 심각한 문제는 쉽게 해명될 듯하다. ≪햄릿≫에서 우리는 강력한 인상을 받는다.

첫째, 햄릿 왕자는 인간 예찬자다. 군인, 학자, 정신(廷臣)에 대한 예찬자다.

둘째, 그는 용감하고 철저하고 미덕을 지닌 훌륭한 인물이다. 셋째 우리는 햄릿 안에 우리와 공통되는 인격을 발견한다. 이것은 아마 범인(凡人)의 그것보다는 위대한 것이지만 본질적으로 다를 바 없다.

넷째 햄릿은 갖가지 상관관계 속에 처해 있으나, 이 관계 또한 우리에게 낯익은 것이다. 우리는 누구나 친구, 적, 친척, 사회, 신 등과의 여러 복잡한 인연 속에 처해 있는 존재인데, 비극의 주인공 중에서 햄릿만이 위와 같은 모든 인연을 전부 다 지닌 인물이다. 그에게는 친구와 적과 애인이 있다. 아직도 뇌리에 아물거리는 망부(亡父)와 재가한 모친이 있으며, 그의 정치적인 영역이 있다. 그리고 또한 그는 개막에서 폐막까지 인간 지혜 밖의 불가사의한 세계와도 관계를 가지고 있다. 햄릿은 왜 복수를 망설였는가.

이것이 ≪햄릿≫ 비극의 초점이라 하겠는데, 그 동안 여러 학자들이 여러 관점에서 이 숙제를 풀고자 애써 왔다. 그러나 이와 같이 복잡한 환경 속에 처해 있는 햄릿을 어찌 간단하게 정의내릴 수 있겠는가. 사실 우리는 인생행로에서 여러 가지 상상도 못하던 충동을 경험하게 마련이며, 또한 아무리 무지하고 내성적인 성격이 아닌 경우에도 주위 현상에 당혹하고 결단을 내리지 못할 경우가 있게 마련이다. 심리적인 면으로 감상하면 햄릿의 성격상의 모순 당착은 우리의 현실이 그러하듯이, 시공(時空)을 초월한 이 극의 위대성이며, 흔히 있을 수 있는 성격을 발견하여 이를 다양하게 성공적으로 전개시킨 셰익스피어의 솜씨 탓이겠다. 햄릿은 셰익스피어가 창조한 모든 인물을 한몸에 집약한 인물이다. 그는 감상적이며 명상적이고, 행동적이며 현실주의자이고, 이상가이며 이성과 감정을 함께 지닌 인물이다. 그러나 상징주의 비평가들이 말하듯이, 그는 과연 죽음의 사자인가, 아니면 생명의 이미지인가. 아무튼 햄릿의 비극은 셰익스피어의 인간극이다.

4대 비극 중에서 《오델로》만이 가정 문제를 다룬 장대한 희곡임에는 틀림없으나, 다른 3대 비극만한 깊이를 지녔는지는 의심스럽다. 셰익스피어는 음모를 주제로 하여, 적어도 네 편의 희극을 각색하고 있지만, 이 비극에서의 이 주제의 사용은 흥미 있고 의의 있는 일이라 하겠다. 《오델로》는 저 음모 희극들에서의 낭만적인 줄거리를 비극적으로 처리한 것이라고 할 수 있다. 희극에서, 히로나 이모젠이나 허미어 등이 죽음을 면하는 데 대하여, 데스데모나는 죽을 숙명이요, 오델로 또한 클로디오나 포스튜머스와 달리 무고한 아내를 교살한 뒤에야 진리를 깨닫는다. 이 점이 다를 뿐 양자는 동일하다. 외적인 면뿐 아니라 내적 개념도 동일한 듯하다.

셰익스피어는 한 가지 점만 제외하면 신치오의 원전을 정밀히 따르고 있으며, 이 예외는 특별한 의미를 가지고 있다. 이 점이 곧 성격과 사건 등에 대한 셰익스피어의 태도를 해명해 주는 실마리가 되겠다. 즉, 명백한 고의로 셰익스피어는 기만당한 책임을 오델로와 데스데모나에게 지우고 있으며, 이리하여 이들을 음모자 이아고와 인연을 맺게 한다. 두 사람의 연애와 결혼은 어찌나 비밀리에 진행되었던지, 데스데모나의 부친조차도 처음엔 그것을 믿지 않을 정도이다.

이아고의 음모에서 확실히 볼 수 있고, 비밀 결혼에서 암시된 이 직접적인 기만은 또한 자기 기만과 밀접하게 연결되어 있다. 오델로의 인간관은 정확성을 잃고 있으며, 그는 남녀를 낭만적인 이상주의로 보고 있고, 데스데모나는 인간의 추악상을 인식하길 거부하니, 그녀의 관점 또한 오델로와 마찬가지로 오류를 범하고 있다. 이아고 역시 인간을 현실과는 다른 관점에서 인식하고 있다. 데스데모나는 아내란 부정(不貞)할 수 없다고 믿고 있는 데 반대하여, 여자란 죄다 음탕하다는 것이 이아고의 신념이다. 양자의 관점 모두가 현실과 어긋남이 있다.

이 기만과 자기 기만이라는 주제가 주는 무대 장면과 파도 같은 시(詩)는 다른 극에 비해 특출하지만, 셰익스피어가 원래 의도한 바를 충분히 전개시켰는지는 의심스럽다.

셰익스피어의 비극은 거의가 다 아득한 옛날을 시대 배경으로 하고 있고, 또한 여기에서 비극적 특징이 가장 잘 발휘되고 있는데 반해, 《오델로》만은 초자연적 요소는 회피되고 음모와 이에 따르는 질투 등 전체 분위기가 자못 가정적이어서 입센의 근대극을 방불케 하고 있다. 이것 또한 이 극의 특색이라 하겠으며 또한 오델로와 데스데모나의 조화된 음악을 이아고의 냉소정신(冷笑精神)이 교란, 부정하는 그러한 작품이라고도 하겠다.

《리어 왕》은 너무나 위대한 비극이어서 효과적인 무대 공연은 도저히 불가능하다고 말한 비평가도 있었지만, 이 극 또한 배신(背信)이라는 셰익스피어 비극의 공통된 주제를 망은이라는 구체적인 배신 행위로 일관하며, 주인공은 분노로 몸부림친다. 배신이라는 행위를 달리 표현하면 외관과 진실 사이의 어긋남으로, 햄릿은

정숙한 여성이라는 외관 밑에 음란한 창녀가 숨어 있다
고 생각했으며, 오델로는 정직한 듯 보이는 부하 이야
고 속에 대 악당이 들어 있는 사실을 간파하지 못했고
덩컨 왕은 맥베드 부인의 환대 밑에서 숨은 야망을 알
지 못했다. 그뿐 아니라 맥베드 자신조차도 왕관을 얻
은 대신 안면(安眠)을 잃을 줄은 몰랐던 것이다. 덩컨을
시역함으로써 얻은 것보다는, 실은 자기의 안면을 질식
시킨 사실을 자각하는 데서부터 맥베드의 비극은 시작
한다.

리처드 3세의 비극은 바로 그 시점에서 끝난다. 동일
시점이 ≪리처드 3세≫에서는 종점이 되고, ≪맥베드≫
에서는 기점이 되는 것만 보아도 셰익스피어의 발전을
알 수 있다. 셰익스피어의 이중 비전은 이 극을 사상극
으로 만드는 것을 방지하고 있지만, 셰익스피어의 동정
이 어디에 있는지는 쉽게 알 수 있다. 셰익스피어는 확
실히 주지론자(主知論者)는 아니며, 그의 눈에는 과학자
는 이단자같이 비쳤을는지도 모른다. 그에게 우주란 신
비스런 존재요, 대우주와 소우주는 조화를 이루고 있
다. 이와 같은 질서 안에서 충성은 그에게 가장 큰 미
덕으로 비쳤고, 망은은 가장 큰 악덕으로 비친 것이다.
충성은 정신을 맑게 하며 망은은 영혼을 타락시킨다.
통찰이 날카롭지 못한 자는 과오를 범하는 경우가 있을

지라도, 그 과오는 시련을 겪음으로써 수정될 수 있는 것이다. 배신·망은·이기·야욕·욕정 등등은 다 절망적이며 구원의 길이 없는 것이다.

리어 왕은 큰딸과 둘째딸의 아첨을 곧이듣고 그녀들 마음속에 숨은 흑심을 간파하지 못한다. 글로스터 백작은 서자 에드먼드의 위선에 현혹(幻惑)되어 그의 무서운 야망을 간파하지 못한다. 그러나 그는 두 눈을 뽑히고 맹인이 되어서야 비로소 적자 에드거의 효심을 알고 에드먼드의 위계(詭計)에 자기가 빠져 있는 것을 깨닫는다. 외관에 환혹되어 진실을 모르다가, 맹인이 된 뒤에야 인간의 본질을 간파할 만한 능력이 생긴다. 리어 왕 또한 미치고 난 뒤에야 비로소 코델리아의 성실한 효심을 깨닫게 되어, 두 노인은 비로소 이전보다 맑은 통찰력을 갖게 된다.

이와 같이 역설적인 인간의 자세가 곧 셰익스피어 비극의 형이 되지만, 진실을 깨닫기 위해서 두 눈을, 또는 정신을 잃어야 하는 두 노인의 가혹한 운명은 셰익스피어가 인간에게 바친 고뇌의 화환이요, 자기 자신에게 부과한 준엄한 시련이기도 하다.

더욱이 이제 그만한 희생의 대가로 진리를 깨닫게 된 리어 왕과 글로스터가 현실의 세계에서 무엇을 얻었는가에 생각이 미칠 때, 이 비극의 비장한 미에 감명을 받지 않을 수 없다. 리어 왕은 현상의 실재를 찾기 위해서는 지상의 행복을 포기할 수밖에 없었던 인간의 행, 불행을 초월하여 인간 존재의 근본 문제를 제기한 비극이라 하겠다.

≪리어 왕≫의 인물들은 원시 시대의 인간상들이라고는 하지만 거의 상징적 존재들 같고 배경 또한 신비한 분위기에 싸여 있는 것 같다. 원래 이 극의 비극적 분위기는 감정과 지성 사이의 대조에서 성장한다. 어떤 의미에서는 ≪오델로≫도 그와 같은 대조를 보여 준다 하겠으나, 이 극에서의 대조는 보다 더 웅대한 형태로 이루어지며 그 안에 전 자연계를 포용한다. 인간들보다 바로 자연의 원소들이 오히려 주인공같이 보여질 정도이다.

≪안토니와 클레오파트라≫ ≪코리오레이너스≫ ≪아테네의 타이먼≫ 등 세익스피어의 가장 후기의 비극들은 악과 인간의 약점이 한층 뚜렷하며, 쓰디쓰고, 거의 균형을 잃은 비극들로, 정직한 인물이나 존경할 만한 인물들은 별로 등장하지 않으며 무대 상연도 그렇게 만족스럽지 못한 극들이다.

≪안토니와 클레오파트라≫의 연애 사건은 ≪트로일러스와 크레시더≫의 그것과 상관적인 것으로 이 여주인공은 로맨틱한 로절린드나 비극적인 코델리아와는 전

혀 이질적이다. 근래 이 극의 정묘한 표현을 강조하여 4대 비극과 같은 수준으로 추커 올리려는 비평가들이 있다. 확실히 그 용어는 다른 작품에서는 보기 드문 적절함과 긴장미를 지니고 있다. 성숙기의 셰익스피어가 대사(臺詞)를 당당히 구사했음은 기정 사실이나 그 경탄할 만한 용어의 구사에도 불구하고 이 극은 4대 비극과 같은 압도적인 정서는 지니지 못했다. 그러나 확실히 이 극의 우주적인 이미지는 장려하며, 클레오파트라의 이중 성격과 안토니의 사랑의 대조를 한데 뭉친 기교는 특이하다.

그러나 시인에게 있어 이미지는 목적에 대한 수단에 불과하며, 궁극적인 판단은 심상을 부분으로 하는 전체의 총체적 비전에서 이루어지게 마련이다. 그렇다면 이 극의 우주적인 심상들은 중심 주제와 조화된다기보다는 인위적인 것이라 하겠다.

셰익스피어는 고대 로마를 취재하여 혼신(渾身)의 힘으로써 경탄심을 자아내려고 기대한 듯하나 안토니의 본질적인 고귀성은 충분히 표현되지 못하고 만 것 같다. 클레오파트라가 안토니를 우주적인 심상을 가지고 칭찬하는 그러한 찬사 없이도 햄릿에 대한 우리의 경탄심은 즉각 환기된다.

황야에서의 참담한 리어 왕조차도 왕의 위엄을 전신

에서 발산하며, 오델로의 위풍은 뚜렷하고, 살인자인 맥베드도 우리의 경탄을 자아낸다. ≪안토니와 클레오파트라≫의 결점은, 원래 비영웅적(非英雄的)으로 구상된 남녀 두 주인공이 행위 자체와는 일치하지 않는 웅장한 용어 안에 유폐당한 탓이겠으며, 그것은 또한 이 극의 만족스러운 상연을 어렵게 하는 까닭이 되기도 한다.

≪코리오레이너스≫ 또한 비영웅적인 내용이 영웅적인 웅장한 껍질에 싸여진 비극이다. 고결한 애국심이 비열성(卑劣性)과 엉켜 있으며, 어머니의 치마끈에 매달려 있는 장군을 셰익스피어가 풍자적으로 다루었는지도 모른다고 보는 비평가가 있을 정도이다. 배경은 강직한 로마 세계이지만 셰익스피어는 이 세계를 햄릿이나 맥베드의 세계를 보듯이 외구심을 가지고 관찰하지는 않았다. 셰익스피어는 자기의 관심과 환경을 일치시키고, 어떤 쓴맛을 이 주제에 가미시킨 것으로, 여기에 플루타르크의 사실을 충분히 가미했다.

이러한 기분의 아주 밑바닥이 반영된 것이 인간 증오의 주제를 극(極)한 ≪아테네의 타이먼≫인데, 이 극에 대해서는 미완성설·합작설·개작설 등등 이론이 분분하다. 하지만 그것은 이 극의 내용 자체가, 거장의 능력을 가지고도 만족스런 비극으로 만들어내기 매우 어려웠던 데 있었던 것 같다.

옮긴이 약력

경성대학 법문학부 영문과 졸업
동국대학교 교수

저　서
≪셰익스피어 문학집≫

역　서
≪셰익스피어 전집≫(전5권)
≪신역 셰익스피어 전집≫(전8권)

로미오와 줄리엣 〈서문문고136〉

제정판 인쇄 / 1996년 5월 5일
제정판 발행 / 1996년 5월 10일
글쓴이 / 셰익스피어
옮긴이 / 김 채 남
펴낸이 / 최 석 로
펴낸곳 / 서 문 당
주소 / 서울시 마포구 성산1동 20—12호
전화 / 322—4916~8 팩스 / 322—9154
등록일자 / 1973. 10. 10
등록번호 / 제13-16

초판 발행 : 1974년 9월 15일 * 잘못된 책은 바꾸어 드립니다